RAPPORTS

AU CONSEIL GÉNÉRAL

DES HOSPICES DE PARIS

SUR LE

SERVICE DES ENFANTS TROUVÉS

DU DÉPARTEMENT DE LA SEINE.

Commission du Conseil :

MM. Baron Delessert,
Halphen,
Comte Lepeletier d'Aun
Pérignon,

Paris,

E.-J. BAILLY, IMPRIMEUR DES HOSPICES CIVILS,

place Sorbonne, 2.

1845

TABLE.

RAPPORT

AU CONSEIL GÉNÉRAL

DES HOSPICES CIVILS DE PARIS

SUR

LE SERVICE DES ENFANTS TROUVÉS

DU DÉPARTEMENT DE LA SEINE.

MESSIEURS,

Sept années se sont écoulées depuis la mise à exécution des mesures que vous avez adoptées pour la réception des Enfants à l'Hospice des Enfants-Trouvés.

L'expérience vous avait fait reconnaître que la facilité avec laquelle les Enfants étaient admis favorisait les abandons, qu'elle détruisait l'esprit de prévoyance, relâchait les liens de famille qu'il est si important de resserrer ; qu'elle enlevait à un grand nombre d'enfants leur état civil et leur existence sociale, et pouvait encourager les mauvaises mœurs.

Si l'on a observé depuis longtemps que dans ce qui touche les secours publics, le mal est trop souvent à côté du bien ; que partout où un nouveau genre de secours est créé, l'on voit s'accroître rapidement le nombre de ceux qui demandent à y participer ; cette observation peut s'appliquer plus particulièrement aux secours ayant pour objet les Enfants trouvés. Vous aviez effectivement acquis la preuve que, depuis les soins de tous genres dont ces malheureux Enfants sont entourés, des personnes même mariées qui auraient pu élever leurs enfants craignaient moins de les abandonner, et, dans la vue de se soustraire aux charges et aux devoirs de la famille, les délaissaient sans aucune apparence de regrets ni de remords, sous le prétexte qu'ils seraient mieux entre les mains de l'Administration que dans les leurs.

Vous avez voulu remédier à ces graves abus, et diminuer le nombre des Enfants dont l'éducation était confiée chaque année à la charité publique, en vous bornant à admettre les Enfants que leurs parents seraient dans l'impossibilité absolue d'élever.

Vous avez voulu qu'on cherchât à réveiller, par de sages conseils, dans le cœur des mères qui éprouveraient la tentation de se séparer de leurs enfants, les sentiments attiédis de la nature et du devoir, en les détournant d'une action que la morale condamne et que la nature réprouve.

Vous avez décidé que les femmes admises à faire leurs couches dans les Etablissements de l'Administration allaiteraient pendant quelques jours leurs enfants, pensant avec raison que si l'allaitement était favorable à la mère, il n'était pas moins dans l'intérêt de l'enfant; que, pendant ces quelques jours de nourriture les sentiments maternels se développeraient, et deviendraient assez vifs pour qu'un grand nombre de mères ne voulussent plus se séparer de leurs enfants.

Vous avez aussi décidé que des secours, que des encouragements seraient donnés aux mères qui conserveraient auprès d'elles leurs enfants.

Enfin, vous avez mis quelques entraves à l'abandon, en exigeant qu'un Magistrat se transportât au domicile de la mère, ou auprès de son lit dans vos établissements, pour recevoir sa déclaration, et la décider par de sages exhortations à conserver son enfant, en lui offrant les secours que sa position pourrait réclamer.

Ces mesures, auxquelles M. le Préfet de Police a bien voulu donner son assentiment, et que ce Magistrat a fait exécuter avec autant de prudence que d'humanité par MM. les Commissaires de Police, ont été sanctionnées par le Conseil général de la Seine dans sa session de 1838, et ensuite par le Ministre de l'Intérieur.

« Ces deux autorités ont reconnu et déclaré que les « mesures que vous aviez adoptées étaient empreintes

« d'un caractère de moralité auquel on ne pouvait
« trop applaudir ; qu'elles avaient à la fois pour objet,
« non-seulement de rattacher les mères aux enfants,
« et de diminuer les abandons ; mais encore qu'elles
« ne pouvaient manquer d'affaiblir la mortalité des
« enfants en bas âge, et d'améliorer leur sort, si elles
« continuaient à être exécutées avec bienveillance et
« prudence. »

Le Conseil général de la Seine, après avoir reconnu
que ces mesures avaient été suivies d'excellents résultats, vous a engagés, Messieurs, à y persévérer.

C'est en effet au moyen de ces mesures paternelles,
de ces conseils bienveillants, accompagnés d'un secours, lorsqu'il a été reconnu nécessaire, que vous
êtes parvenus, sans secousse, sans contrainte aucune,
sans autres efforts qu'un zèle éclairé et soutenu, à réduire dans une proportion considérable le nombre des
abandons.

Le nombre des Enfants abandonnés pendant les sept
années de 1830 à 1836 qui ont précédé les mesures,
s'est élevé à 37,291, moyenne par année 5,327.

Pendant les sept années de 1838 à 1844, qui ont
suivi ces mesures, le nombre des Enfants abandonnés
s'est élevé à 26,383, année moyenne 3,769.

C'est donc en sept ans seulement 10,908 enfants
qui ont été conservés par leurs parents, et qu'on a
soustraits à une mort probable, ou à une existence
malheureuse.

Les 26,383 Enfants abandonnés ont été généralement reçus avec des renseignements qui assurent leur
possession d'état.

Enfin la Dépense de ce Service a été diminuée
d'une manière notable, et présente pour ces sept années une réduction de 1,949,093 fr. 47 c.

Mais la question Financière, malgré l'élévation de
la Somme économisée, n'est ici que secondaire ; la
question de Moralité est bien autrement importante,
et c'est sous ce rapport capital que les mesures adoptées ont produit les plus heureux effets.

Cependant, quelque satisfaisants que soient ces résultats, vous avez remarqué chaque année une Augmentation plus ou moins considérable sur les abandons de l'année précédente, et une tendance plus
prononcée à profiter de la facilité qu'offre le Tour de
se soustraire aux formalités exigées.

Le Ministre s'est ému, comme vous, Messieurs, de
cette recrudescence, et vous a demandé des détails
circonstanciés et précis sur la situation actuelle des
expositions et des abandons d'Enfants dans le Département de la Seine. Le Ministre désire connaître si le
Tour d'exposition est ou non l'objet de quelques mesures de surveillance ? quelles sont les formalités exigées pour la réception des Enfants ? Enfin, quelles
mesures sont tentées pour prévenir l'apport à Paris
des Enfants étrangers au Département de la Seine, et
pour rejeter la Dépense de ces Enfants sur les Départements auxquels ils appartiennent ?

Les questions posées par le Ministre sont, comme vous le voyez, Messieurs, de la plus haute importance, puisqu'elles embrassent tout le système de l'admission des Enfants trouvés.

Pour vous faciliter l'examen de ces graves questions, nous avons dû rechercher les causes qui ont influé sur les abandons, remonter à leur source, constater les obstacles qui ont pu rendre insuffisantes les mesures adoptées, étudier les moyens de les rendre plus efficaces; enfin examiner le système créé par la Législation de 1811, dans lequel l'Administration doit légalement se mouvoir et se renfermer aujourd'hui.

Situation des abandons. Les comparaisons du nombre des abandons pendant les années qui ont précédé et suivi l'adoption des mesures arrêtées en 1837, n'ont été établies jusqu'ici que sur les Enfants abandonnés avant l'âge de deux ans à l'Hospice des Enfants-Trouvés, abstraction faite des Enfants âgés de plus de deux ans, qui auraient été reçus à l'Hospice des Orphelins.

Le nombre des Enfants de cette catégorie ayant pris, depuis ces derniers temps, un accroissement assez sensible, par suite de l'abandon des Enfants ramenés de nourrice, il nous a paru utile de rétablir dans toute leur exactitude les résultats comparatifs des années précédentes, en y comprenant les Enfants reçus à titre d'Orphelins.

Nous avons dit plus haut, et l'on voit par le Tableau comparatif, sous le n° 1, que le nombre des Enfants abandonnés, pendant les sept années qui ont précédé

les mesures, qui avait été
de 1830 à 1836

	ENFANTS dits TROUVÉS.	ENFANTS dits ORPHELINS.	TOTAL.
de........................	35,300	1,991	37,291
Ne s'est élevé, pendant les sept années (1838 à 1844) qui ont suivi les mesures, qu'à..............	24,712	1,671	26,383
Différence en moins.............	10,588	320	10,908

Ces résultats prouvent hautement que vous aviez mis le doigt sur la plaie et appliqué le véritable remède; mais ce remède a perdu, avec le temps, de son efficacité; vous allez en juger par les détails suivants :

Le nombre des Enfants abandonnés qui s'était élevé en 1836, année la plus faible en remontant jusqu'à 1810, à 4,792 Enfants trouvés, à 142 Orphelins, ensemble 4,934 Enfants, est tombé, en 1838, première année des mesures, pour les Enfants trouvés à 3,037. Il s'est élevé, pour les Enfants dits Orphelins, à 170, et est tombé au total à 3,207 Enfants.

Les réceptions ont éprouvé, pendant les années 1838 à 1844, les variations suivantes :

ENFANTS REÇUS DE 1838 A 1844.	ENFANTS dits TROUVÉS.	ENFANTS dits ORPHELINS.	TOTAL.
Les Réceptions ont été en 1838 de.	3,037	170	3,207
— — 1839....	3,158	196	3,354
— — 1840....	3,416	212	3,628
— — 1841....	3,471	227	3,698
— — 1842....	3,840	255	4,095
— — 1843....	3,885	295	4,178
— — 1844....	3,907	316	4,223

Il y a eu chaque année, comme vous le voyez, progression croissante sur l'année précédente, et cette progression a suivi une marche inégale, une année plus forte ayant été suivie alternativement d'une année plus faible.

L'accroissement sur chaque année, comparée à l'année précédente, a été :

SAVOIR :	ENFANTS dits TROUVÉS.	ENFANTS dits ORPHELINS.	TOTAL.
En 1839 comparé à 1838 de....	121	26	147
1840 — 1839 de...	258	16	274
1841 — 1840 de...	55	15	70
1842 — 1841 de...	369	28	397
1843 — 1842 de...	43	40	83
1844 — 1843 de...	24	21	45
Soit, au bout de 6 années, c'est-à-dire en comparant 1844 à 1838...	870	146	1,016

La comparaison des abandons de 1836, dernière année qui a précédé les mesures, avec ceux de l'année 1838, première année de leur exécution, et avec ceux de 1844, présente les résultats suivants :

	ENFANTS dits TROUVÉS.	ENFANTS dits ORPHELINS.	TOTAL.
1° *Comparaison des Abandons de 1836 avec ceux de 1838.*			
Abandons de 1836............	4,792	142	4,934
Abandons de 1838...........	3,037	170	3,207
Différence en plus sur les Enfants dits Orphelins..................		28	
Et en moins sur les Enfants dits Trouvés.....................	1,755		
Résultat général. Différence en moins........................			1,727
2° *Comparaison des Abandons de 1836 avec ceux de 1844.*			
Abandons de 1836............	4,792	142	4,934
Abandons de 1844............	3,907	316	4,223
Différence en moins sur les Enfants trouvés de................	885		
Différence en plus sur les Enfants dits Orphelins de...........		174	
Résultat, différence en moins de........................			711
Le rapprochement de ces deux différences présente, comme ci-contre, un accroissement de.....	870	146	1,016

Il résulte des renseignements qui précèdent :

En ce qui concerne les Enfants trouvés, que la différence entre les abandons de 1836, comparés à ceux de 1838, qui était de 1,755 Enfants, n'est plus, si on la compare à ceux de 1844, que de 870, c'est-à-dire que les abandons qui avaient été réduits la première année de 36 pour 100 ou de plus du tiers, ne diffèrent plus, en 1844, que de 18 pour 100, ou d'un peu moins d'un cinquième ;

En ce qui touche les Orphelins, c'est-à-dire les Enfants âgés de plus de 2 ans, que les abandons qui, malgré les mesures, ou plutôt par suite de ces mesures, avaient présenté en 1838 une augmentation de 28 Enfants, ont continué à suivre une progression croissante, et sont plus que doublés depuis cette époque.

En résumé, la différence des abandons des deux catégories d'Enfants, qui était pour la première année de 1,727 Enfants, n'est plus en 1844 que de 711, différence 1,016 Enfants, c'est-à-dire que la différence, qui était la première année de 35 pour 100, n'est plus en 1844 que de 15 pour 100, ou autrement qu'elle est tombée du tiers qu'elle était dans le principe, au septième.

Avant d'aller plus loin, permettez-nous de constater deux faits qui méritent d'être signalés à votre attention, à savoir que le nombre des Enfants abandonnés, et celui des Enfants présumés naturels n'ont pas suivi la progression croissante des naissances.

La comparaison du nombre des naissances avec
le nombre des abandons, établie par le Tableau n° 7,
présente pour l'année 1816, 5,080 abandons sur
22,358 naissances, ou 23 sur 100, et pour l'année
1844, 3,907 abandons sur 31,946 naissances, ou 12
abandons sur 100 naissances.

La comparaison du nombre total des naissances
avec celui des Enfants naturels présente les résultats suivants.

En 1816, le Rapport des naissances d'Enfants
naturels au nombre total des naissances était d'un
Enfant naturel sur deux naissances 54 centièmes,
ou 39 sur 100.

Ce Rapport a suivi d'année en année une progression décroissante pour arriver en 1844 à 33 pour
100.

Les renseignements, contenus dans le Tableau
n° 2, sur l'État civil des Enfants et sur l'origine
de leur admission, vont vous mettre sur la voie des
causes de la recrudescence signalée plus haut.

État civil
et Origine
des Enfants
abandonnés.

Quant à l'État civil des Enfants, vous remarquerez
avec satisfaction que le nombre des Enfants abandonnés présumés légitimes, qui, à la suite des mesures,
avait diminué de plus des deux tiers en 1838, s'est
maintenu dans cette proportion, et même au-dessus,
pendant les sept dernières années, et que plus de
2,000 Enfants légitimes ont été ainsi conservés par
leurs familles.

La recrudescence de 1,016 Enfants, signalée ci-dessus , provient donc uniquement de l'abandon d'un plus grand nombre d'Enfants naturels.

Si on consulte le même Tableau n° 2 , pour connaître l'origine de l'admission des Enfants qui ont été déposés à l'Hospice , on voit qu'ils proviennent :

1° De la Maison d'Accouchement ;

2° Des Hôpitaux de Paris ;

3° Des envois faits par les Commissaires de police ;

4° Du dépôt de l'Hospice des Énfants-Trouvés ;

5° Des expositions au tour de l'Hospice ;

6° Des expositions sur la voie publique.

Nous allons examiner quelles sont , parmi ces diverses origines , celles qui ont contribué à l'augmentation des abandons signalée ci-dessus.

Les Enfants envoyés à l'Hospice par la Maison d'Accouchement qui avaient, dès la première année (1838), éprouvé une réduction d'un tiers, se sont constamment maintenus dans cette proportion , et sont même restés en 1844 de 110 Enfants au-dessous du chiffre de l'année 1838.

Ce résultat, que nous croyons devoir attribuer avec une entière conviction aux soins particuliers avec lesquels les mesures que vous avez adoptées ont été exécutées à la Maison d'Accouchement , est d'autant plus remarquable, que le nombre des naissances dans cet Etablissement s'est accru d'un tiers, depuis l'adoption des mesures, et que, malgré une augmentation de 5,515 naissances pendant les sept dernières années, le nombre des abandons, loin de suivre une progression croissante, a éprouvé une légère diminution (tableau n° 6).

Nous avons, en effet, constaté que le rapport du nombre des Enfants abandonnés à la Maison d'Accouchement, au nombre des naissances dans cet Établissement, qui était en 1816 dans la proportion de 80 abandons sur 100 naissances, qui en 1836 était encore de 69 abandons sur 100 naissances, en 1838 de 46, était tombé en 1840 et 1841 à 36 abandons sur 100 naissances, pour remonter en 1842 à 38, en 1843 à 39, et retomber en 1844 à 36 abandons sur 100 naissances.

On ne peut donc accuser la Maison d'Accouchement d'avoir contribué à la recrudescence des abandons depuis 1838. Cependant, vous remarquerez en 1842 et 1843 une légère augmentation, que nous croyons pouvoir attribuer à ce que l'on s'est peut-être un peu relâché à l'égard de la mesure qui prescrit que les Femmes enceintes nourriront pendant quelques jours dans l'Établissement, et emporteront à leur sortie l'Enfant dont elles seront accouchées; nous devons ajouter que le Directeur n'était point autorisé à user de contrainte à leur égard.

Nous nous réservons d'appeler votre attention dans

le cours de ce Rapport sur le mode d'admisssion des Femmes enceintes à la Maison d'Accouchement, laquelle, malgré les réductions obtenues, fournit encore à elle seule le tiers des Enfants abandonnés ; et d'examiner si les conditions actuelles d'admission ne devraient pas subir quelques modifications et quelques restrictions.

2° Enfants envoyés par les Hôpitaux de Paris. Les Hôpitaux de Paris qui avaient envoyé en 1836 à l'Hospice des Enfants-Trouvés 451 Enfants, n'en ont plus envoyé en 1838 que 117, en 1839 que 84 ; mais leur nombre s'est élevé en 1840 à 127 Enfants, en 1841 à 208 Enfants, en 1842 à 342 Enfants, en 1843 à 444 Enfants, en 1844 à 484 Enfants, nombre un peu supérieur à celui de l'année 1836, qui a servi de point de départ.

Le nombre des Naissances dans les Hôpitaux, qui s'était élevé en 1836 à 1087, a diminué pendant les premières années qui ont suivi les mesures, et par suite de la fermeture de la Clinique à plusieurs reprises, pour s'élever en 1843 à 1571 Naissances.

Les Abandons, dont la proportion en 1836 était de 40 sur 100 Naissances, et qui étaient tombés à 14 sur 100 en 1838, présentent en 1843 28 Abandons sur 100 Naissances.

Il résulterait des calculs que nous venons de vous présenter que, quoique les mesures aient perdu avec le temps de leur efficacité, cependant les Abandons, par les Femmes accouchées dans les Hôpitaux, se-

raient encore proportionnellement moindres qu'en
1836, et inférieurs à ceux de la Maison d'Accouchement.

Nous ne vous garantissons pas l'exactitude rigoureuse de ces calculs, parce que beaucoup de jeunes
Enfants sont envoyés en dépôt à l'Hospice des Enfants-Trouvés par les Hôpitaux dépourvus de Nourrices sédentaires, et que sur ce nombre plusieurs
sont abandonnés. Il est un fait certain, c'est que
les Hôpitaux fournissent environ le dixième des Enfants abandonnés chaque année, et avec la Maison
d'Accouchement les quatre dixièmes ; vous aurez à
examiner si, comme pour la Maison d'Accouchement,
vous n'imposerez pas de nouvelles conditions à l'admission des Femmes enceintes qui se présentent pour
faire leurs couches dans vos Établissements.

Le nombre des Enfants abandonnés par-devant les
Commissaires de police aurait dû diminuer nécessairement de tous ceux déposés au Tour de l'Hospice, et
cependant le nombre de ces Enfants, après être resté
inférieur de 100 Enfants en 1839, 1840 et 1842, et
de 200 en 1841, a été en 1843 exactement le même
qu'en 1838 ; mais il a subi en 1844 une augmentation
de 65 Enfants.

3° Enfants
envoyés par
les Commis-
saires de po-
lice.

Nous aimons à croire que le zèle de ces Magistrats ne
s'est point ralenti. Quoi qu'il en soit, le grand nombre
de personnes qui se sont affranchies, par l'abandon au
Tour, des formalités à remplir devant MM. les Commissaires de police, aurait dû rendre moins fréquente
l'intervention de ces magistrats ; on peut donc en con-

clure avec quelque fondement, que l'influence de leurs conseils n'a plus eu la même efficacité. Il faut aussi en attribuer la cause à la facilité offerte à l'Abandon, puisqu'il suffit pour le consommer de se présenter devant un Commissaire de police, et que ces Magistrats ont pour mission, d'après leurs instructions, qui ne les ont armés d'aucun pouvoir coërcitif, de recevoir les déclarations des Mères et de consentir à l'abandon, si elles sont restées sourdes à leurs exhortations.

4° Enfants provenant du Dépôt de l'Hospice.

Les Malades qui entrent dans les Hôpitaux pour y être traités, sont quelquefois accompagnés d'Enfants qu'ils ne peuvent conserver près d'eux, ni laisser dans leur domicile, par suite du malheur de leur position, et de l'isolement dans lequel se trouveraient les Enfants.

Les individus détenus sous la prévention de crimes ou de délits ne peuvent non plus conserver leurs Enfants auprès d'eux dans les Prisons.

Ces Enfants sont reçus à titre de dépôt à l'Hospice des Enfants-Trouvés et Orphelins; des mesures sont prises pour que les Enfants soient remis à leurs parents immédiatement après leur sortie des Hôpitaux ou des Prisons, soit après leur guérison, soit après leur acquittement, soit à l'expiration de leur peine.

Cette mesure si bienfaisante, si morale et en même temps si rassurante pour les malheureux parents qui réclament les secours des Hôpitaux, est de la plus grande utilité pour les familles ; mais le nombre des Enfants ainsi reçus à l'Hospice ayant augmenté dans une proportion qui causait un véritable encombrement, et devenait funeste à la santé des Enfants, vous avez, dans l'intention de diminuer le nombre des Admissions à titre de dépôt, ordonné que des visites auraient lieu au domicile des parents, à l'effet de reconnaître les personnes pour lesquelles ce secours serait indispensable.

Vous avez aussi, dans le même but, interdit provisoirement les communications tolérées jusqu'ici entre les Enfants et leurs parents, afin que ces derniers s'empressassent de les retirer, et qu'ils ne considérassent pas l'Hospice, qui leur servait d'asile, comme un pensionnat, contrairement au but que vous vous étiez proposé.

Ces mesures récentes influeront, nous n'en doutons pas, sur le nombre des Enfants en dépôt, et, par une conséquence toute naturelle, sur le nombre des Enfants abandonnés.

L'Admission des Enfants en dépôt, mesure essentiellement bienfaisante, a cependant l'inconvénient d'interrompre les liens de famille, et de conduire à un Abandon définitif, devenu plus facile et moins pénible par la séparation provisoire qui a précédé. Il conviendra donc d'apporter quelque adoucissement à la mesure qui interdit toute communication entre les Enfants et les parents ; nous userons avec discrétion de la latitude que vous voudrez bien nous accorder à cet égard.

Le nombre des Enfants abandonnés à la suite des leur dépôt provisoire à l'Hospice, a éprouvé depuis 1838 une augmentation de près de moitié, due en partie aux Enfants déposés par les Hôpitaux dépourvus de Nourrices secondaires. La proportion des Abandons a été d'environ un dixième.

5° Enfants déposés dans le Tour.

Nous voici arrivés aux Enfants déposés dans le Tour, mode de réception dont vous avez cru devoir respecter l'existence, quoique vous fussiez convaincus qu'en facilitant les Abandons, il agirait dans un sens contraire au but que vous vous étiez proposé.

Le nombre des Enfants exposés au Tour en 1838 ne s'était élevé qu'à 41 ; résultat que l'on doit attribuer à ce que le Tour avait été pendant quelques mois de ladite année l'objet, de la part de M. le Préfet de Police, d'une surveillance particulière. Attaquée par quelques personnes comme équivalant en quelque sorte à la fermeture du Tour, cette surveillance a été abandonnée ; dès ce moment les expositions au Tour ont pris un accroissement notable, ce mode d'Abandon dispensant des formalités à remplir devant les Commissaires de police, et permettant l'apport des Enfants étrangers au département de la Seine.

Voici la progression qu'ont suivie depuis 1838 les Abandons au Tour :

Enfants déposés au Tour en 1838 41
    —   —   —   1839 294
    —   —   —   1840 551

Enfants déposés au Tour en 1841 677
        —   —   —   1842 738
        —   —   —   1843 723
        —   —   —   1844 698

Tous ces Enfants ont été abandonnés sans acte de naissance, quelques-uns seulement avec une note indiquant leurs noms, prénoms et dates de naissance. Des recherches faites sur les registres de l'État civil des douze Mairies ont appris que ces Enfants (à l'exception d'un très-petit nombre) n'avaient point été déclarés à l'État civil; ils en ont reçu un d'office à la Mairie du 12e Arrondissement.

Les Abandons au Tour doivent, presque tous, être imputés aux conseils, nous dirons plus, aux suggestions des Sages-Femmes, qui se chargent de porter les Enfants à l'Hospice moyennant un salaire de 10, de 15, de 20 et même de 50 francs, salaire d'autant plus élevé qu'elles ont su exagérer les difficultés imaginaires de ce mode d'Abandon, qui devient pour les Sages-Femmes une industrie lucrative.

Nous nous bornons en ce moment à constater que l'augmentation des Abandons provient en partie des expositions au Tour; nous nous réservons d'examiner plus loin ce mode de réception.

Le nombre des Enfants exposés sur la voie publique a éprouvé une progression décroissante qui s'explique par l'emploi plus fréquent du mode d'exposition par le Tour; on doit même s'étonner, qu'avec la facilité offerte par ce dernier mode, il y ait eu augmentation

6° Enfants exposés sur la voie publique.

en 1844 et même qu'il puisse y avoir encore des expositions sur la voie publique.

Voici le nombre des Enfants exposés sur la voie publique, de 1838 à 1844 :

En **1838** . . . . 41 Enfants
En **1839** . . . . 22 —
En **1840** . . . . 46 —
En **1841** . . . . 32 —
En **1842** . . . . 25 —
En **1843** . . . . 14 —
En **1844** . . . . 25 —

RÉSUMÉ. Il ressort évidemment des développements dans lesquels nous venons d'entrer, à l'occasion des renseignements fournis par le tableau n° 2 sur l'origine de l'Admission des Enfants abandonnés à l'Hospice, que la recrudescence du nombre des Enfants délaissés pendant les sept années qui viennent de s'écouler, et qui s'élève en 1844 comparativement à 1838 à 1,016, provient, savoir :

1° Des Enfants envoyés en plus par les Hôpitaux de Paris 367

2° Des Enfants envoyés par les Commissaires de police 65

3° Des Enfants déposés en plus dans le Tour 657

4° Des Enfants déposés à l'Hospice 55

Total 1142

Lesquels nombres se trouvent atténués :

1° Par les Enfants envoyés en moins par
la Maison d'Accouchement 110
2° Par les Enfants déposés en
moins sur la voie publique 16

126

Nombre pareil 1016

Vous connaissez maintenant, Messieurs, l'origine de l'augmentation du nombre des Enfants délaissés qui provient : 1° des expositions au Tour ; 2° des femmes accouchées dans les Hôpitaux ; 3° des Abandons devant les Commissaires de police ; 4° des Enfants déposés aux Enfants-Trouvés.

Malgré les résultats favorables obtenus à la Maison d'Accouchement, nous avons dû signaler cet établissement comme fournissant à lui seul le tiers et avec les hôpitaux de Paris les deux cinquièmes des Enfants abandonnés, et appeler sur ces faits votre attention.

Avant d'examiner les moyens de remédier à cet état de choses, ainsi que les mesures à prendre pour rendre les délaissements d'Enfants plus difficiles encore, permettez-nous, Messieurs, de vous signaler une autre cause qui, quoiqu'elle ne soit pas ressortie des chiffres que nous avons mis sous vos yeux, faute d'éléments d'appréciation possible pour les années précédentes, contribue cependant dans une forte proportion à augmenter le nombre des naissances d'Enfants naturels à Paris et par suite le nombre des En- *Enfants étrangers au Département de la Seine.*

fants abandonnés, et vient expliquer le grand nombre des Enfants délaissés par la Maison d'Accouchement et les Hôpitaux de Paris ; nous voulons parler des femmes qui viennent à Paris pour y cacher leur grossesse et pour y faire leurs couches. Le nombre de ces femmes ne pourra que s'accroître par suite de la fermeture des Tours dans plusieurs Départements, et des mesures adoptées par les Préfets, pour forcer les mères à conserver leurs Enfants.

Depuis le 1er avril 1844, nous avons chargé le Directeur de la Maison d'Accouchement d'interroger chaque jour les femmes accouchées qui abandonnaient leurs Enfants, afin de savoir depuis combien de temps elles habitaient Paris, et si elles y avaient acquis domicile.

Cette enquête nous a appris que près des deux tiers des Enfants abandonnés après leur naissance à la Maison d'Accouchement, c'est-à-dire 7 à 800 Enfants sur 1200, appartenaient à des mères qui étaient venues exprès à Paris pour y cacher leur grossesse et pour y faire leurs couches, et qui n'habitaient Paris que depuis quelque mois.

Cette enquête étendue aux femmes accouchées dans les Hôpitaux, à domicile, ou chez les Sages-Femmes, pourrait nous faire reconnaître un grand nombre de femmes étrangères à Paris, et vous permettre de rejeter la dépense des Enfants sur les Départements auxquels ils appartiendraient.

En admettant, ce qui n'est pas impossible, que la proportion du nombre des femmes étrangères à Paris, accouchées dans les Hôpitaux, à domicile ou chez les Sages-Femmes, soit égale à celle de la Maison d'Accouchement, vous voyez, Messieurs, combien le nombre des Enfants délaissés à la charge du Département de la Seine serait réduit.

Nous aurons occasion dans la suite de ce rapport d'examiner les questions qui se rattachent aux Enfants étrangers au Département de la Seine, sur lesquels M. le Ministre de l'Intérieur vous a demandé des explications ; nous nous bornerons en ce moment à vous indiquer que des réclamations ont été faites, par l'intermédiaire de M. le Préfet de la Seine auprès de ses collègues des Départements, pour renvoyer ces Enfants dans les Hospices du domicile de leur mère, et pour rejeter la dépense sur les Départements auxquels ils appartenaient.

La question du domicile, mal définie par la Loi du 15 octobre 1793, a fait naître un grand nombre de contestations. Plusieurs Départements, entre autres Seine-et-Oise, Seine-et-Marne, l'Oise, etc., ont consenti facilement à reprendre les Enfants, tout en élevant quelques difficultés relativement au remboursement des frais.

D'autres Départements, le Nord, le Pas-de-Calais, la Meurthe, la Moselle, la Seine-Inférieure, le Bas-Rhin, la Manche, Saône-et-Loire, etc., tout en reconnaissant que les parents des Enfants étaient étrangers à Paris et avaient leur domicile dans leur Département, ont refusé d'admettre ces Enfants à leur charge, et ont motivé leur refus sur la facilité offerte aux Abandons, par le mode de réception adopté à Paris ; mode qu'ils ont taxé d'illégalité, par la raison que les Enfants dont les mères sont connues sont exclus des Établissements hospitaliers par le décret de 1811, et qu'ils doivent être secourus comme Enfants de famille indigente par les Bureaux de charité de leur domicile.

M. le Ministre de l'Intérieur, auprès de qui s'était pourvu M. le Préfet du Nord, vient tout récemment de donner gain de cause au Préfet de ce Département, en déclarant irrégulier le mode d'admission que vous avez adopté depuis 1837, avec la sanction du Ministre.

M. le Préfet de la Seine vous a fait remarquer à cette occasion, Messieurs, ce qu'il y avait de grave pour les Hospices de Paris dans le principe posé par le Ministre, et vous a invités à prendre un parti décisif sur les admissions des Enfants dont les mères sont connues, admissions qui, suivant ce Magistrat, ne sont pas régulières, puisqu'elles sont interdites par le Décret de 1811; or, vous savez qu'à l'exception des 700 mères qui déposent leurs Enfants au Tour, toutes les mères sont aujourd'hui connues au moment de l'abandon.

Dans des cas semblables, les Enfants sont repoussés des Hospices dans les autres Départements, et cette sévérité fait affluer à Paris les filles mères qui veulent abandonner leur Enfant aux soins de la charité publique.

Plus l'Administration, ajoute M. le Préfet, se montrera facile dans les réceptions, plus elle verra s'accroître le nombre des Enfants appartenant à des Départements étrangers, et plus ses charges augmenteront, puisque les Préfets se refusent à rembourser la dépense occasionnée par ces Enfants qui, suivant eux, ont été reçus irrégulièrement.

Le Ministre ayant partagé sur ces questions l'avis des Préfets des Départements, M. le Préfet de la Seine vous a invités à examiner les mesures à prendre pour repousser une charge qui pourrait devenir chaque année plus onéreuse au moyen de la facilité des voies de communication.

Nous avons donc été conduits à examiner préalablement la législation en vigueur et à vérifier si le mode de réception, prescrit par votre Arrêté du 25 janvier 1837, était, ainsi que le prétendent plusieurs Préfets et M. le Ministre avec eux, illégal et irrégulier.

Examen de la Législation en vigueur, et des Réglements et Instructions ministérielles.

Nous allons, à cette occasion, transcrire le texte ou vous présenter l'analyse sommaire des Lois, Arrêtés et Réglements sur la matière, et reproduire, en les complétant, les considérations développées par mon prédécesseur à l'appui des mesures que vous avez adoptées.

Pour bien connaître l'esprit dans lequel toute la législation a été conçue et les modifications qu'elle a subies, il faut se reporter d'abord à l'Arrêt du Conseil-d'État du 21 juillet 1670, qui voulait que toute exposition d'Enfant fût constatée par procès-verbal des Commissaires au Châtelet ou par Ordonnance des Officiers de police qui devaient en connaître, puis à l'Édit du Roi du mois de juin 1670 et aux différents Arrêts du Parlement, qui constatent que les Enfants exposés dont les parents étaient inconnus, ainsi que les Enfants délaissés par suite du décès de leurs parents à l'Hôtel-Dieu, pouvaient seuls être recueillis ; les mêmes Arrêts ordonnaient des mesures pour prévenir l'exposition des Enfants légitimes et mettre un frein à cette dépravation, par suite de laquelle les Asiles, institués dans l'origine pour prévenir les crimes auxquels la crainte de la honte pouvait induire une mère égarée, devenaient des dépôts favorables à l'indifférence criminelle des parents.

Nous ferons mention, pour mémoire, de la Loi du 28 juin 1793, qui, après avoir posé en principe que les Enfants trouvés étaient une charge générale de l'État, alla jusqu'à les déclarer Enfants adoptifs de la patrie, et à faire de leur naissance même un titre à leurs mères pour l'obtention, non plus d'un secours, mais d'une espèce de prime pour avoir donné un citoyen à l'État.

Quoi qu'il en soit, on trouve dans cette Loi, qui se ressent de l'époque à laquelle elle a été rendue, une pensée qui, bien appliquée, peut produire, vous en avez vous-même fait l'expérience, de bons résultats, celle d'offrir des secours aux mères que la misère pourrait porter à abandonner leurs Enfants.

La Loi du 27 frimaire an V (17 décembre 1796) qui suivit, ouvrit pour tous les nouveau-nés abandonnés la porte des Hospices, mit à la charge de l'État la dépense de ceux portés dans les Établissements qui n'a vaient pas de fonds affectés à cet objet, pourvut à la tutelle des Enfants abandonnés, et prononça une peine contre quiconque porterait un Enfant ailleurs qu'à l'Hospice le plus voisin.

Le Directoire, qui avait été chargé par la Loi précitée de rédiger un Réglement sur la manière d'élever et d'instruire les Enfants abandonnés, le publia le 30 ventôse an V (20 mars 1797). Ce Réglement établit que les Hospices doivent être pour ces Enfants un lieu de dépôt et de passage. Il ordonne le placement des jeunes Enfants en nourrice d'abord, puis en apprentissage, et fixe les mois de nourrice et les récompenses suivant les âges.

Une Circulaire du Ministre de l'Intérieur (Chaptal) du 23 ventôse an IX (14 mars 1801), en invitant les Préfets à rechercher et à détruire les causes qui contribuaient à augmenter le nombre des Enfants abandonnés qui avait doublé depuis dix ans, et s'élevait alors à 63,000, attribue « cette augmentation « aux facilités des admissions, et prescrit aux Admi-« nistrateurs de ne conserver à la charge de l'État « que les Enfants de *parents inconnus :* seuls ils ont « des droits aux secours du Gouvernement ; la bien-« faisance des Administrations locales doit prendre « soin de tous les autres.

« Le temps est venu, continuait ce Magistrat, où « l'œil sévère de l'Administration doit porter dans « toutes les branches du service public cet esprit « d'ordre et ces principes d'économie qui seuls peuvent « assurer des secours aux vrais besoins. »

Le Réglement ministériel du 28 septembre 1801 porte, Titre 8, Art. 1ᵉʳ, que l'Hospice de l'allaitement à Paris est spécialement consacré à l'admission des Enfants, primitivement connus sous la dénomination d'Enfants trouvés, dont l'exposition a été *légalement constatée.*

L'Art. 2 du Titre 11 du même Réglement veut aussi que le Juge de paix ou l'Officier de police soit requis, en cas d'exposition d'Enfants à la porte des Hospices, à l'effet de dresser, conformément à l'Art. 9, Titre 3 de la Loi du 21 septembre 1792, relative à l'état civil, procès-verbal de l'état de l'Enfant, de son âge apparent, des marques extérieures, vêtements et autres indices qui peuvent éclairer sur sa naissance, et de recevoir les déclarations de ceux qui auraient quelque connaissance relative à l'exposition de l'Enfant.

La Loi du 15 pluviôse an XIII vint ensuite confier la tutelle des Enfants admis dans les Hospices aux Commissions administratives et en régler l'Exercice.

L'Orateur du Gouvernement, en présentant cette Loi au Corps Législatif, recommandait aux Administrateurs de veiller sur l'admission des Enfants dans les Hospices, devenue, disait-il, trop facile. Voici les termes dans lesquels il s'exprimait : « S'il est du devoir « des Administrateurs de ne pas repousser le véritable « Enfant du malheur, le véritable Orphelin, il ne faut « pas non plus *accueillir trop légèrement* cet autre « Enfant que la paresse et l'immoralité de son père « repousse de sa famille où il pourrait le nourrir s'il « voulait travailler; *il ne faut pas recevoir* l'Enfant de

« cette femme qu'embarrasse la présence de sa jeune
« fille, et qui l'envoie dans l'Asile de l'indigence pour
« faire plus librement de sa maison la retraite du
« vice. »

M. de Montalivet, dans une Circulaire du 27 mars
1810, annonçait aux Préfets « que le Gouvernement ne
« voyait pas sans étonnement le nombre et la dépense
« des Enfants trouvés augmenter chaque année; qu'il
« voulait en approfondir les causes, afin de prescrire
« toutes les nouvelles mesures qui, dans l'état actuel
« des choses, pouvaient concourir à réduire la masse
« des Enfants, ainsi qu'à détruire les abus qu'il croyait
« exister dans cette branche d'administration, et à
« en prévenir le retour. »

Le Ministre invitait les Préfets à lui transmettre
tous les renseignements que l'expérience et les autorités locales avaient pu leur procurer.

« En vous occupant de ce travail, disait le Minis-
« tre, vous ne perdrez pas de vue que les Enfants dont
« la dépense a été mise à la charge des Départements
« par le Décret du 25 vendémiaire an X (17 octo-
« bre 1801) sont les Enfants *nés hors le mariage* de
« *parents inconnus,* ou ceux exposés par des parents
« *également inconnus,* et que ces Enfants *sont les*
« *seuls* auxquels on puisse appliquer l'Arrêté du 5 ni-
« vôse an IV, la Loi du 27 frimaire an V, et le Régle-
« ment du 30 ventôse an V.

« Vous vous rappellerez aussi, disait encore le Mi-
« nistre, qu'on ne doit assimiler aux Enfants trouvés
« et considérer comme tels que les Enfants qui, à rai-

« son *de l'émigration, de la disparution, de la déten-*
« *tion ou de la condamnation* de leurs père et mère,
« sont dans l'application des Lois des 19 août 1793,
« 24 vendémiaire, 19 brumaire et 4 germinal an II,
« et que, pour les Enfants dont *les parents sont con-*
« *nus, il ne doit être pourvu à leurs besoins que d'a-*
« *près les lois de bienfaisance qui leur sont parti-*
« *culières.* »

Le Ministre ajoutait que ces principes avaient été
mis en oubli, et prescrivait aux Préfets de prendre
les mesures nécessaires pour réformer les abus, et de
lui indiquer les dispositions pénales et administratives qui pourraient concourir à en prévenir le retour.

Le Ministre demandait aussi à connaître la forme
des admissions des Enfants trouvés, ainsi que les formalités que l'on suivait pour l'inscription de ceux qui,
dans les cas prévus par les lois précitées, devaient
leur être assimilés.

Enfin le Ministre demandait des renseignements
sur toutes les parties de ce service, dans le but sans
doute de réunir les matériaux pour la rédaction du
projet de Décret qu'il était chargé de préparer.

Jusqu'ici, Messieurs, les mêmes dispositions s'en-
chaînent et se reproduisent successivement dans la
législation. Toutes ordonnent l'intervention de l'autorité publique et le procès-verbal du magistrat pour
constater l'exposition et l'abandon, et pour établir
que l'Enfant délaissé n'a de secours à attendre que de
la pitié publique ; toutes exigent, comme condition de

l'admission des Enfants, que les parents *soient incon-*
nus ou décédés, disparus, détenus ou condamnés.

Les Circulaires ministérielles, dont nous avons cité
quelques passages, sont remplies de plaintes sur les
abus des admissions, attribués à la facilité avec laquelle elles avaient lieu et au peu de soin que les Administrations locales mettaient à vérifier les titres des
Enfants; on était fondé à croire que la législation qui
suivrait rendrait les admissions plus rares et plus difficiles, et qu'elle exigerait de nouvelles formalités.
Vous allez en juger par le système établi par le Décret du 19 janvier 1811, mais surtout par les instructions qui l'ont suivi.

Nous nous bornerons à citer les articles de ce décret qui ont rapport aux questions soumises à votre
examen.

« Art. 1er. Les Enfants dont l'éducation est confiée
« à la charité publique sont : 1° les Enfants trouvés;
« 2° les Enfants abandonnés; 3° les Orphelins pau-
« vres.

« Art. 2. Les Enfants trouvés sont ceux qui, nés de
« *père et mère inconnus,* ont été trouvés exposés dans
« un lieu quelconque ou *portés dans les Hospices des-*
« *tinés à les recevoir.*

« Art. 3. Dans chaque Hospice destiné à recevoir
« des Enfants trouvés, il y aura un Tour où ils devront
« être déposés.

« Art. 4. Il y aura, au plus, dans chaque arrondis-
« dissement, un Hospice où les Enfants trouvés pour-
« ront être reçus.

« Art. 5. Les Enfants abandonnés sont ceux qui,
« nés de père et mère connus, et d'abord élevés par
« eux ou par d'autres personnes à leur décharge, en
« sont délaissés sans qu'on sache *ce que les père et*
« *mère sont devenus, ou sans qu'on puisse recourir à*
« *eux.*

« Art. 6. Les Orphelins sont ceux qui, n'ayant ni
« père ni mère, n'ont aucun moyen d'existence.

Suivent les dispositions relatives à l'éducation et à
la tutelle des Enfants et à leur reconnaissance.

Vous le voyez, Messieurs, le Décret du 19 janvier
1811 exigeait, conformément à la législation précédente, que les parents des Enfants fussent inconnus ;
il cherchait à diminuer le nombre des Hospices où les
Enfants seraient reçus, en les réduisant à un Hospice
au plus par arrondissement; mais en même temps
qu'il semblait apporter des restrictions à la facilité des
Abandons, il les favorisait en quelque sorte d'une manière illimitée, en offrant un moyen secret de les consommer par la création des Tours.

Le Décret de 1811 chargeait le Ministre de l'Intérieur de proposer, avant le 1er janvier 1812, des
Réglements d'Administration publique pour régir ce
service. Une Instruction du Directeur général de la
Comptabilité des Communes et des Hospices, du 15
juillet 1811, vint régler la partie relative aux dépenses
des Enfants trouvés et abandonnés, laissant aux Préfets le soin de réglementer, chacun dans son Département, le service des Enfants trouvés, par des arrêtés
qui deviendraient les éléments des réglements d'Ad-

ministration publique, qui, sur la proposition du Ministre, devaient être, en exécution du Décret précité, discutés en Conseil d'État.

L'Instruction *du 8 février* 1825, qui n'a subi ni l'examen ni la dicussion du Conseil d'État, est venue tardivement remplir cette lacune.

Cette Instruction, dans laquelle le Ministre a réglé les différentes mesures d'application relatives au service des Enfants trouvés, d'après le système créé par le Décret de 1811, rappelle et explique toutes les dispositions de ce Décret en ce qui touche la question qui nous occupe, l'*admission des Enfants*. Cette Instruction, a été plus loin encore que le Décret, et renferme à cet égard deux graves innovations, dont la légalité est contestée aujourd'hui par plusieurs Préfets.

1° Suivant cette Instruction, les Enfants nés dans les Hospices de femmes admises à y faire leurs couches sont assimilés *aux Enfants trouvés,* si la mère est reconnue dans l'impossibilité de s'en charger.

Il nous semble qu'il eût été plus logique de les assimiler aux Enfants abandonnés.

2° L'admission des Enfants trouvés, ajoute l'Instruction, ne doit avoir lieu que dans les circonstances suivantes :

« Par leur exposition au Tour ;

« *Au moyen de leur apport à l'Hospice, après leur*
« *naissance, par l'Officier de santé ou la Sage-Femme*
« *qui a fait l'accouchement;*

« Sur l'abandon de l'Enfant de la part de sa mère,
« si, admise dans l'Hospice pour y faire ses couches,
« elle est reconnue dans l'impossibilité de s'en char-
« ger ;

« Sur la remise du procès-verbal dressé par l'Of-
« ficier de l'État civil, pour les Enfants exposés dans le
« Tour ou autre lieu que dans l'Hospice. »

On peut s'étonner, dit M. Durieu dans le Répertoire des Établissements charitables, « que l'Instruc-
« tion de 1823 autorise ainsi l'apport des Enfants à
« l'Hospice par les Officiers de santé et les Sages-Fem-
« mes, qui, ne tenant aucun registre, et n'étant sou-
« mis à aucun contrôle public, deviennent très-
« souvent les instigateurs et les agents de la fraude.
« A la faveur de leur entremise, l'Enfant légitime peut
« prendre la place de l'Enfant trouvé ; l'Enfant d'une
« famille aisée, celle de l'Orphelin sans ressource ;
« par suite l'état civil des Enfants confiés à leurs
« soins est en quelque sorte à leur merci. »

Nous pourrions nous étonner à notre tour que
tandis qu'elle exige des femmes admises à faire leurs
couches dans les Hospices, qu'elles soient reconnues
dans l'impossibilité de se charger de leurs Enfants, la
même Instruction admette l'apport sans examen des
Enfants à l'Hospice par les Officiers de santé et les
Sages-Femmes, comme si le Tour n'offrait pas déjà
assez de facilités.

3° Relativement à l'admission des Enfants abandonnés, l'Instruction *du 8 février* 1823 continue ainsi :

« Les Enfants abandonnés ne doivent être admis

« dans les Hospices que, 1° d'après l'acte de notoriété
« du Juge de paix ou du Maire constatant l'absence de
« leurs pères et mères ; 2° sur l'expédition du juge-
« ment correctionnel ou criminel qui les prive de
« l'assistance de leurs parents. »

Nous venons de vous signaler, Messieurs, les nouvelles facilités ajoutées par l'Instruction de 1823, à
celles ouvertes à l'Abandon par le Décret de 1811 ; on
trouve cependant dans la même Instruction les considérations suivantes :

« Les causes du prodigieux accroissement qu'é-
« prouve depuis quelques années le nombre des
« Enfants trouvés et abandonnés, consistent cer-
« tainement en partie dans les abus qui ont eu lieu
« dans les admissions des Enfants. Les divers Mi-
« nistres qui se sont succédé au Département de
« l'Intérieur, ont souvent appelé l'attention des Pré-
« fets sur ces abus, mais il ne paraît pas qu'on ait
« en général apporté à les réprimer tous les soins
« désirables.

« Pour les détruire et en prévenir le retour, les
« Commissions administratives des Hospices ne sau-
« raient exercer une surveillance trop sévère sur la
« tenue des registres d'inscription des Enfants, et
« sur les opérations des Employés préposés à ce
« service.

« On pense que l'une des mesures les plus efficaces
« serait aussi de faire vérifier, tous les trois mois,
« soit par des Contrôleurs des Hospices, soit par des
« Commissaires spéciaux, les titres d'admission des

« Enfants compris au nombre des Enfants trouvés
« et Enfants abandonnés. Les Enfants que l'on re-
« connaîtrait avoir été admis contre les règles et les
« principes qui ont été ci-dessus rappelés, seraient
« rendus à leurs familles ou aux personnes qui en
« étaient chargées, et l'on ne doute pas, d'après les
« exemples qu'en ont déjà donnés plusieurs Dépar-
« tements, que l'exécution de ces dispositions n'ait
« pour résultat de diminuer considérablement le
« nombre des Enfants à la charge des Hospices. »

Vous venez de voir, Messieurs, tout un nouveau
système d'admission autorisé par l'Instruction de 1823,
contrairement aux dispositions formelles du Décret
de 1811. Il est permis de croire que l'intention du
Ministre était de rendre moins nombreuses les admissions secrètes au Tour, en y substituant des admissions patentes, afin que l'on pût, ainsi qu'il en fait la
recommandation, vérifier les titres d'admission, et
rechercher les parents.

Nous vous ferons remarquer aussi la disposition
qui autorise l'admission de l'Enfant abandonné par
sa mère admise à faire ses couches dans un Hospice,
si elle est reconnue dans l'impossibilité de s'en charger, ce qui suppose une Enquête, pour reconnaître
et constater cette impossibilité.

Dans un Rapport au Roi, du 5 avril 1837, M. de
Gasparin, alors Ministre de l'Intérieur, reproche
aux Commissions administratives, l'usage devenu
presque universel de considérer comme définitive
et absolue, l'admission des Enfants dans les Hospices,

de telle sorte qu'on néglige entièrement de rechercher les parents auxquels ils devraient être rendus, et qu'on répugne, ou qu'on résiste à remettre des Enfants naturels à leurs mères ou à leurs familles qui, dès l'origine, étaient connues ou l'ont été depuis.

Nous prenons acte, Messieurs, de ces prescriptions Ministérielles ; nous aurons à examiner plus tard s'il n'est pas préférable, ainsi que vous l'avez décidé, de procéder à l'Enquête et de rechercher les parents avant l'Abandon, plutôt que d'attendre qu'il soit consommé.

Enfin, nous terminerons l'analyse de la Législation et des Réglements sur la matière, en opposant à un passage de l'Instruction de 1823 les termes d'une Circulaire Ministérielle du 31 janvier 1840, qui contient une approbation formelle des mesures que vous avez adoptées.

« Les Administrations hospitalières doivent se
« montrer *difficiles* à garder les Enfants des femmes
« *admises à faire leurs couches dans les Hospices* ; l'in-
« térêt des Enfants, comme celui des Établissements,
« l'exige ; pour atteindre ce but on doit recourir à
« tous les moyens de persuasion, et notamment offrir
« des secours en argent aux mères, à l'effet de pour-
« voir aux premiers besoins, jusqu'à ce qu'elles
« puissent reprendre leurs travaux ; il est bon aussi
« d'amener la mère à donner son sein à l'Enfant,
« dans l'espoir qu'elle éprouvera plus de peine ensuite
« à s'en séparer. »

Après avoir analysé les Dispositions Législatives et Réglementaires qui tolèrent, si même elles n'autorisent l'Abandon des Enfants, nous vous demandons à opposer à cette Législation, la Législation répressive et conservatrice, en empruntant à M. Remacle (1), et à votre Commission de 1838, une partie des considérations suivantes, qui feront mieux ressortir les vices et les contradictions de la Législation et des Instructions Ministérielles.

« Nous avons une loi qui ordonne que toute nais« sance sera déclarée à l'Officier de l'État civil à qui « l'Enfant sera présenté, dans les trois jours de l'ac« couchement, avec indication du père et de la mère « de l'Enfant. Art. 55, 56 et 57 du Code civil (2).

« Elle veut que toute personne qui a trouvé un « Enfant nouveau-né, le remette à l'Officier de l'État

_____

(1) Des Hospices d'Enfants-Trouvés en Europe et principalement en France, depuis leur origine jusqu'à nos jours; Paris, 1838, page 191 et suivantes.

(2) Art. 55. Les Déclarations de naissance seront faites, dans les trois jours de l'Accouchement, à l'Officier de l'État civil du lieu; l'Enfant lui sera présenté.

Art. 56. La naissance de l'Enfant sera déclarée par le Père, ou à défaut du Père, par les docteurs en Médecine ou en Chirurgie, Sages-Femmes, Officiers de santé ou autres personnes qui auront assisté à l'Accouchement; et lorsque la Mère sera accouchée hors de son domicile, par la personne chez qui elle sera accouchée.

L'Acte de naissance sera rédigé de suite, en présence de deux témoins.

Art. 57. L'Acte de naissance énoncera le jour, l'heure et le lieu de naissance, le sexe de l'Enfant, et les prénoms, noms, profession et domicile des Père et Mère, et ceux des témoins.

« civil, avec déclaration de toutes les circonstances du
« temps et du lieu où il aura été trouvé. Art. 58 du
« Code civil (1).

« Elle a des peines contre ceux qui y contrevien-
« draient. Art. 346 du Code pénal (2).

« Cependant il y a dans chaque ville un lieu, un
« moyen d'échapper à cette obligation et d'éviter ces
« peines ; ce moyen et ce lieu, c'est la loi elle-même
« qui les fournit.

« Une loi plus sévère prévoit et punit la suppression
« d'État ; Art. 345 du Code pénal (3) : ce vol auda-
« cieux qui s'attaque à ce qu'il y a de plus intime
« dans l'homme ; et chaque famille trouve dans l'Ar-
« rondissement qu'elle habite, une machine à suppres-
« sion d'État ; et pourvu qu'elle ne recourre pas à un

---

(1) Art. 58. Toute personne qui aura trouvé un Enfant nouveau-
né, sera tenue de le remettre à l'Officier de l'État civil, ainsi que les
Vêtements et autres effets trouvés avec l'Enfant, et de déclarer toutes
les circonstances du temps et du lieu où il aura été trouvé.

(2) Toute personne qui, ayant assisté à un Accouchement, n'aura
pas fait la déclaration à elle prescrite par l'article 59 du Code civil, et
dans le délai fixé par l'article 56 du même Code, sera punie d'un
emprisonnement de six jours à six mois, et d'une amende de 16 fr. à
300 fr. Art. 346.

(3) Les coupables d'enlèvement, de recélé ou de suppression d'un
Enfant, de substitution d'un Enfant à un autre, ou de supposition
d'un Enfant à une Femme qui ne sera pas accouchée, seront punis de
la réclusion.

La même peine aura lieu contre ceux qui, étant chargés d'un Enfant, ne le représenteront point aux personnes qui ont le droit de le
réclamer. Art. 345.

« autre mode, elle est innocente en délaissant comme
« Enfants inconnus ses propres Enfants ; car ce mode
« la Loi l'a institué elle-même.

« Nous avons une Loi qui punit les expositions :
« Art. 349 et 352 du Code pénal (1) ; et une Loi qui
« les permet. »

Nous avons le Décret de 1811 lui-même, qui punit
conformément aux Lois les individus qui seraient
convaincus d'avoir exposé des Enfants, et même ceux
qui feraient habitude de les transporter dans les Hospices.

Enfin, nous avons la Loi qui oblige les parents à
nourrir, entretenir et élever leurs Enfants, et celle
qui accorde des aliments aux Enfants naturels et
même aux Enfants adultérins.

Et cependant, au moyen *du Tour*, ils peuvent se
soustraire à toutes ces obligations, et aux peines pro-
noncées par la Loi.

Nous vous dirons, Messieurs, avec votre Commission de 1838 : « Entre ces deux législations vous avez

---

(1) **Art. 349.** Ceux qui auront exposé et délaissé en un lieu solitaire
un Enfant au-dessous de l'âge de sept ans accomplis ; ceux qui auront
donné l'ordre de l'exposer ainsi, si cet ordre a été exécuté, seront pour
ce seul fait condamnés à un emprisonnement de six mois à deux ans,
et à une amende de 16 fr. à 200 fr.

Art. 352. Ceux qui auront exposé et délaissé en un lieu non solitaire
un Enfant au-dessous de l'âge de sept ans accomplis, seront punis d'un
emprisonnement de trois mois à un an, et d'une amende de 16 fr. à
100 fr.

« cru qu'il vous était permis de choisir, et vous avez
« adopté celle qui vous a paru la plus conforme à la
« raison, à la morale, à l'humanité.

« Entre la Loi qui garantit les droits des familles,
« et la Loi qui les leur ravit, vous avez opté pour la
« première.

« Entre celle qui impose à chacun l'obligation de
« remplir ses devoirs naturels, de supporter les
« charges qu'il s'est créées, et celle qui offre les
« moyens de s'affranchir de ces charges et de ces de-
« voirs, vous n'avez pas cru devoir hésiter. »

Vous avez donc adopté, avec la sanction de l'autorité
supérieure, les mesures contenues dans votre Délibération du 25 janvier 1837, dont nous croyons devoir
reproduire les principaux articles :

Mesures adoptées par l'Administration pour diminuer et prévenir les abandons.

ARTICLE 1er.

« Aucun Enfant ne sera, sous quelque prétexte
« que ce soit, admis à l'Hospice des Enfants-Trouvés
« que *dans les cas*, sous *les conditions* et dans *les
« formes prévues* par les dispositions de la Loi du
« 20 septembre 1792, et du Décret du 19 janvier
« 1811. »

ARTICLE 2.

« A cet effet, aucun Enfant ne sera reçu que sur le
« vu du procès-verbal d'un Commissaire de police,
« constatant que l'Enfant a été *exposé* ou *délaissé*,
« ainsi qu'il est dit aux *Art. 2, 3 et 5 du Décret du
« 19 janvier 1811.* »

« Le Procès-verbal sera visé par M. le Préfet de
« Police; toutefois les Commissaires de police pour-
« ront, pour la conservation des Enfants, les faire
« recevoir provisoirement à l'Hospice, en attendant
« le visa de M. le Préfet. »

ARTICLE 3.

« Le Registre-matricule, sur lequel sont inscrits les
« Enfants apportés à l'Hospice, sera visé, chaque se-
« maine, par le Membre de la Commission admini-
« strative chargé de l'Hospice. »

ARTICLE 4.

« Les femmes enceintes ne seront admises à la Mai-
« son d'Accouchement, qu'autant qu'elles prendront
« l'engagement de nourrir, pendant quelques jours,
« dans l'Établissement, et d'emporter, à leur sortie,
« l'Enfant dont elles seront accouchées. »

ARTICLE 5.

« Il n'y aura, pour l'allaitement, d'exception que
« pour les femmes qui seraient jugées, par le méde-
« cin, hors d'état de nourrir ou de continuer à nourrir
« leur Enfant. »

« Il pourra être accordé, sur la fondation Montyon,
« des secours aux femmes qui continueront à nourrir
« leur Enfant, ou qui en prendront soin. »

ARTICLE 6.

« Les mesures qui précèdent sont applicables, dans
« tout leur contenu, aux femmes qui vont accoucher

« dans les Établissements placés sous la surveillance
« du Conseil. »

ARTICLE 7.

« Il sera rendu compte au Conseil, à l'expiration de
« chaque mois, du résultat des Dispositions ci-dessus
« prescrites. »

ARTICLE 8.

« Il sera écrit une Circulaire aux Accoucheurs,
« Sages-Femmes, et généralement aux personnes qui
« s'occupent des Accouchements, pour leur rappeler
« les règles prescrites par les Lois et Réglements sur
« l'admission des enfants, et les peines portées par
« le Code, contre l'abandon et le délaissement des
« enfants. »

ARTICLE 9.

« M. le Préfet de la Seine sera prié d'écrire à MM.
« ses Collègues des Départements de Seine-et-Oise,
« Seine-et-Marne, d'Eure-et-Loir, de l'Eure et de
« l'Yonne, pour les informer des conditions d'admis-
« sion à l'Hospice des Enfants-Trouvés ou Aban-
« donnés. »

ARTICLE 10.

« M. le Préfet de Police sera prié de donner à MM.
« les Commissaires de police et aux autres Agents de
« son Administration les Instructions pour l'exécution
« des dispositions ci-dessus. »

Nous avons ici, Messieurs, à vous signaler un fait
capital dans la question qui nous occupe, c'est que
d'après le texte de l'Arrêté de 1837, dont nous venons

de transcrire les Dispositions, aucun Enfant ne devait être reçu que *dans les cas*, sous *les conditions* et dans *les formes* prévus par la Loi du 20 septembre 1792 et le Décret du 19 janvier 1811.

Or que veut le Décret de 1811 pour *les Enfants exposés* comme pour *les Enfants délaissés?* Il veut que *les Enfants exposés* dans un lieu quelconque ou portés dans les Hospices destinés à les recevoir, soient nés de père et mère inconnus; et pour ceux délaissés par leurs parents, que l'on ignore ce que ces derniers sont devenus et qu'on ne puisse recourir à eux.

La manière dont les Dispositions de votre Arrêté de 1837 ont été interprétées, a changé toute l'économie du système et à fait rentrer en partie dans les dispositions de l'Instruction de 1823 que vous aviez voulu modifier.

Il suffit en effet, en ce moment, à une mère pour se dégager du soin d'élever son Enfant, de se présenter devant un Commissaire de Police, et de déclarer qu'elle ne veut ou qu'elle ne peut pas le conserver. Toutes les mères, à l'exception de celles qui déposent leurs Enfants au Tour, sont donc aujourd'hui connues au moment de l'abandon. Nous nous bornons ici à constater un fait, il est loin de notre pensée de blâmer le mode qui a été adopté, puisque vous verrez plus loin que nous vous proposerons d'y persévérer, en apportant quelques modifications dans son exécution et plus de sévérité dans les réceptions. Ce sont donc les mesures telles qu'elles ont été observées, qui vont faire l'objet de notre examen.

Ces mesures se réduisent à trois moyens principaux :

1° Allaitement des Enfants par leurs Mères accouchées dans les Établissements publics, et obligation de
les emporter à leur sortie.

2° Enquête avant l'Abandon.

3° Secours aux Mères qui conservent leurs Enfants.

Par la première de ces mesures, vous avez voulu *Allaite-ment des Enfants par leurs Mères.* réveiller dans le cœur de la mère l'amour pour son enfant, en le lui faisant allaiter et conserver pendant son séjour dans la maison. Cette mesure, conseillée par les médecins dans l'intérêt de la Mère, a été utile à un assez grand nombre d'Enfants que leurs Mères ont conservés, par suite de l'attachement qu'elles avaient conçu pour eux, ce qui a diminué les chances de mortalité ;

Quant à l'obligation imposée aux Mères d'emporter l'Enfant à leur sortie de vos Établissements, l'Ad-ministration n'a jamais usé de contrainte, et elle a conservé l'Enfant lorsque ses exhortations, ses en-couragements n'ont pu déterminer la Mère à ne pas l'abandonner.

Un principe fondamental du droit civil et naturel *Enquête avant l'aban-don.* dont il faut assurer autant que possible l'observation est celui-ci :

Toute Mère légitime ou illégitime est tenue de nour-rir son Enfant. Cette obligation ne cesse ou ne doit cesser qu'avec la possibilité de la remplir.

Vous avez le droit de repousser les Enfants qui peuvent recevoir de leur famille les secours dont ils ont besoin et les aliments que la Loi leur garantit.

L'impossibilité de remplir cette obligation peut provenir de deux causes : l'une morale, l'autre matérielle.

Nous entendons par impossibilité morale (quoique nous contestions qu'il y ait impossibilité morale de faire élever des Enfants adultérins ou naturels, et qu'il faille les abandonner à la charité publique, sous peine de mort), les positions qui se trouveraient compromises par la révélation de la naissance de l'Enfant, et pour lesquelles le secret est d'une si haute importance que la vie de l'Enfant puisse en dépendre. Ces positions sont rares, car dans la plupart des cas, le secret se dévoile de lui-même, et il s'agit alors bien plus d'une satisfaction à donner à la famille en lui enlevant l'Enfant, dont la présence est pour elle un sujet de honte, de scandale, ou seulement d'embarras.

S'ensuit-il que les familles n'aient d'autres moyens de conserver leur secret, que d'abandonner les Enfants; qu'elles ne puissent pourvoir aux frais de leur éducation et qu'ils doivent tomber infailliblement aux frais de la charité publique ?

L'Administration n'a-t-elle pas le droit d'apprécier ces considérations et d'user de ménagements suivant les circonstances? d'ailleurs, une déclaration devant l'autorité n'est pas une divulgation d'un secret : combien d'Enfants adultérins ont été admis avec déclaration devant le Commissaire de police et connus de l'Administration, sans qu'aucun secret ait été divulgué ! ne sommes-nous pas appelés par nos fonctions à recevoir tous les jours de semblables confidences ?

Si nous passons actuellement à l'impossibilité matérielle, nous voyons qu'elle peut provenir de deux causes : de la privation de parents, ou de leur misère.

Lorsqu'un Enfant a perdu ses parents, qu'aucun membre de sa famille, s'il en a une, ne peut s'en charger, c'est un devoir pour l'Administration de le recueillir.

Dans le cas où l'impossibilité provient de la gêne ou de la misère des parents, des secours donnés à la famille, en vue de l'Enfant, peuvent remédier à la misère et surmonter ainsi l'obstacle qui s'opposait à l'éducation de l'Enfant par sa famille.

Une enquête peut donc seule éclairer l'Administration sur ces deux impossibilités, et la mettre à même, en les appréciant, de prendre une décision, et de les faire cesser.

L'enquête est donc légale, elle est morale, elle est nécessaire, elle est dans le droit, nous dirons même dans les devoirs de l'Administration.

Les Instructions ministérielles ne vous recommandent-elles pas, même après l'Abandon, de vérifier les titres d'admission des Enfants, et de faire la recherche des parents ?

Vous avez repoussé l'enquête après Abandon, par

4

ces motifs que l'apparition d'un enquêteur dans une famille aurait pu y apporter le trouble, en donnant de la publicité à une faute que l'accouchée serait peut-être parvenue à dissimuler ; vous avez pensé, qu'avant l'Abandon au contraire, une enquête faite avec les précautions convenables, ne présentait pas d'inconvénients. Une jeune fille séduite, une femme mariée qui a manqué à ses devoirs, ne restent guère dans leur famille ou dans leur domicile, à l'instant même où la naissance d'un Enfant trahirait infailliblement leur secret. Elles vont réclamer les soins d'une Sage-Femme, ou chercher chez des personnes de connaissance une secourable hospitalité ; c'est là que sont recueillis les renseignements, et qu'ils peuvent toujours l'être sans danger.

Si, cependant, la recherche de la famille, faite dans l'intérêt de l'Enfant, pouvait divulguer le secret qu'elle a cherché à cacher en abandonnant l'Enfant, et en le privant des aliments ou des biens qui peuvent lui appartenir, à qui la famille pourrait-elle s'en prendre qu'à elle-même, pour avoir employé un moyen que réprouvent et la nature et la morale ?

M. de Lamartine, l'éloquent défenseur des Tours, a très-bien apprécié le système d'admission adopté par l'Administration, lorsque dans la séance du 30 mai 1838, il s'exprimait ainsi :

« Ce moyen est salutaire pour les cas d'exposition
« par suite de misère ou même de dépravation ; rien
« de plus rationnel, rien de plus simple. C'est une
« adoption, dont la forme offre réellement plus de

« moralité et de garanties que celle de la réception par
« les Tours.

M. de Lamartine, il est vrai, ne lui reconnaît pas les
mêmes avantages dans les cas plus nombreux, selon
lui, où l'Abandon de l'Enfant est le résultat du sentiment de la honte et de la crainte du déshonneur ; nous
sommes convaincus que les cas les plus fréquents d'exposition ne sont nullement ceux qui ont l'indigence
ou la honte pour motifs et pour excuse ; nous devons
constater, à l'honneur de la population pauvre de
Paris, que les familles indigentes secourues par les
Bureaux de Bienfaisance abandonnent rarement leurs
Enfants et que l'on compte un grand nombre de familles composées de 4, 5, 6, 7 et même 8 Enfants (1).

Le sentiment de la honte n'est pas non plus la cause
la plus fréquente des expositions ; c'est l'indifférence
en matière des devoirs maternels ; c'est le désir de
s'affranchir des charges et des devoirs qu'ils imposent
et des embarras qu'ils entraînent, c'est la contagion
de l'exemple et des mauvais conseils, c'est la facilité

---

(1) Le Recensement de la Population Indigente de Paris, a constaté le
nombre des Ménages Indigents ainsi qu'il suit :

Ménages Indigents chargés d'Enfants au-dessous de 12 ans.	1,474	Ménages ayant	1	Enfant	1,474
	2,770	—	2	—	5,540
	3,115	—	3	—	9,345
	1,860	—	4 et au-dessus.		8,929

9,219   soit 2 7/10 par Ménag.... 25,288

Ménag. sans Enfants
au-dessous de 12 ans. 20,063

29,282

des admissions. Dès lors, l'autorité de M. de Lamartine est acquise tout entière à vos mesures :
« l'adoption après enquête offre réellement plus de
« moralité et de garantie que celle de la réception
« par les Tours. »

MM. Terme et Remacle, dans deux mémoires très-
remarquables et tous deux couronnés, se sont pro-
noncés pour le principe d'un *système d'admission à
Bureau ouvert.*

Le système de M. Terme diffère essentiellement de
celui adopté par l'Administration, en ce sens, qu'il
demande l'enquête après l'exposition du nouveau-né,
tandis qu'à Paris, l'enquête doit autant que possible
précéder l'Abandon.

D'après les principes posés par M. Terme, point
d'intervention de Commissaire de police, point de déclaration préalable, tout se passe à huis clos, admi
nistrativement, entre la personne qui apporte le nouveau-né à l'Hospice et un employé du Bureau ; malgré
les précautions indiquées, nous croyons difficile de se
prémunir contre les fausses déclarations ; ensuite,
l'Enfant devra toujours être reçu, c'est-à-dire, séparé
de sa mère, en attendant le résultat de l'enquête.

Le système de M. Remacle se rapproche davantage
de celui de l'Administration ; les Enfants ne seraient
admis que sur le vu d'un procès-verbal de son exposition ou de son délaissement par sa famille, et ensuite

du jugement constatant les poursuites dirigées contre les auteurs de l'exposition ou de l'abandon, et leur inutilité.

Seraient admis sans cette formalité: 1° les Enfants appartenant à des parents que leur extrême misère ou leurs infirmités placeraient dans l'impossibilité absolue de pourvoir à leur subsistance ; 2° les Enfants naturels dont les mères s'engageraient à payer à l'Hospice le montant des frais d'éducation.

L'admission, dans ces deux cas, aurait lieu sur les déclarations faites devant le Maire par l'une des personnes que la loi charge des déclarations de naissance. Ce magistrat serait également chargé de recevoir les déclarations des mères qui voudraient s'assurer le secret, en taisant leurs noms.

Sans vouloir examiner ni discuter ces deux systèmes, dont nous avons fait mention pour nous appuyer de l'autorité de ces graves esprits, et qui sont puisés aux mêmes sources et reposent sur les mêmes principes que les mesures de l'Administration, nous dirons que le système que vous avez adopté, est préférable, puisqu'il prévient les Abandons au lieu de les laisser consommer pour les réprimer ensuite.

Une fois décidés pour l'enquête préalable, vous avez confié cette mission aux Commissaires de police, conformément à ce qui se pratiquait autrefois. Le caractère dont ces fonctionnaires sont revêtus, offrait

Enquête confiée aux soins des Commissaires de police.

d'abord une garantie certaine de leur discrétion ; par la nature même de leurs fonctions, ils étaient aussi plus à portée de vérifier au besoin l'exactitude des déclarations des mères, d'obtenir des renseignements précis sur la position des familles, et d'apprécier les circonstances qui pouvaient rendre les Abandons nécessaires ou les secours indispensables.

Imperfec-
tions du
mode suivi
actuelle-
ment.
Nous devons vous signaler cependant les imperfections du mode qui a été adopté, ou plutôt celles de son exécution.

MM. les Commissaires de police ne prennent pas généralement, en cas d'Abandon, assez de précautions pour s'assurer de la véracité des déclarations qui leur sont faites, surtout par les Sages-Femmes, afin qu'il ne soit pas fait fraude à la loi par des déclarations mensongères.

Il n'arrive que trop souvent que les Commissaires de police, appelés auprès des mères recueillies chez des Sages-Femmes, reçoivent leur déclaration et n'en vérifient l'exactitude que longtemps après, et lorsque les mères ont quitté ce domicile temporaire, en sorte que leurs traces sont perdues.

Ces fausses déclarations se sont tellement multipliées que M. le Préfet de Police a dû faire imprimer des lettres spéciales, pour avertir l'Administration que les mères sont inconnues au domicile qu'elles avaient indiqué. La vérification de ces déclarations devrait donc être immédiate, afin de prévenir les déclarations

mensongères , et de pouvoir obtenir des renseignements à l'exactitude desquels on puisse ajouter foi.

Le mode actuellement suivi est encore imparfait
dans son exécution, en ce sens que l'Abandon des Enfants est laissé entièrement aux soins des Commissaires de police , et que l'Administration, qui n'avait pas
voulu abdiquer son action , et s'était réservé de revenir sur les Abandons s'il y avait motif pour les faire
cesser, ne peut exercer ce droit en temps utile.

En vertu de votre Arrêté du 25 janvier 1837, aucun
Enfant ne doit être reçu que sur le vu d'un procès-
verbal d'un Commissaire de police , constatant que
l'Enfant a été exposé ou délaissé.

Le procès-verbal doit être visé par M. le Préfet de
Police ; toutefois les Commissaires de police peuvent
pour la conservation des Enfants les faire recevoir
provisoirement à l'Hospice en attendant le visa de M.
le Préfet.

Les Enfants sont donc envoyés par les Commissaires de police et reçus à l'Hospice , sur un ordre
provisoire de ces magistrats, et ce n'est que quelques
semaines, souvent quelques mois après que M. le
Préfet de police confirme ces Abandons, à la suite
des informations qui ont été prises par les Commissaires de police , informations souvent infructueuses
à raison du retard que l'on a apporté à y procéder.

La santé des Enfants et leur grand nombre ne permettant pas de les conserver à l'Hospice , l'Adminis-

tration est obligée de disposer de ces Enfants en les
envoyant à la campagne avant que leur Abandon provisoire ait été déclaré définitif par M. le Préfet de
Police.

Le procès-verbal dressé par le Commissaire qui
devait accompagner l'Enfant reste déposé dans les
archives des bureaux de la Préfecture de Police, qui
transmettent quelques mois après le résultat des informations qui ont été prises.

Mais alors l'Abandon est déjà consommé ; l'Enfant
s'il n'est point décédé a été envoyé à la campagne, les
mères ont changé de domicile ; il n'est plus possible
de prévenir l'Abandon, les occasions de le faire cesser
ne sont plus aussi favorables.

L'action que l'Administration devrait exercer sur
les abandons se trouve donc ainsi annihilée par ces
différentes circonstances, ou du moins elle n'est que
tardive et suivie de peu de succès.

Si le procès-verbal du Commissaire de police ac-
compagnait l'Enfant, si les informations pouvaient
être prises au moment de son abandon, si, avant de le
rendre définitif, l'Administration pouvait par elle-
même ou par ses agents essayer de tous les moyens
en son pouvoir pour le faire cesser, le nombre des
Enfants conservés par leurs familles serait beaucoup
plus considérable.

Combien de mères ne nous ont - elles pas té-
moigné le regret d'avoir abandonné leur Enfant !
combien nous ont offert d'acquitter les salaires payés

aux nourrices par l'Administration! combien d'A-
bandons n'avons-nous pas fait cesser en accordant
un secours aux mères qui avaient délaissé leur Enfant!

Vous aurez lieu d'examiner, Messieurs, dans le
cours de ce rapport, le meilleur mode de distribution
des secours pour arriver au but que vous vous pro-
posez; ce mode pour porter ses fruits exigera quelques
modifications dans celui suivi pour la réception des
Enfants; il faudra surtout que vous interveniez en
temps utile.

Jusqu'ici on n'a pas signalé un seul fait d'où l'on
puisse induire qu'un secret confié aux Commissaires
de police ait été violé, ou qu'une seule famille ait
eu à se plaindre du mode d'exécution de la mesure.

Il est d'ailleurs probable que dans les cas graves,
et heureusement assez rares, où l'Enfant n'aurait pu
être conservé par sa mère sans danger pour elle, et
sans compromettre l'honneur d'une famille, le Tour
seul aura été pris pour confident.

Vous avez vu, Messieurs, que l'on avait fait un
usage beaucoup plus fréquent du Tour depuis plusieurs années; son ouverture a effectivement facilité
un grand nombre d'Abandons, pour lesquels il est permis de croire que le secret n'était pas nécessaire et a
par suite paralysé les mesures que vous aviez adoptées.

Admissions au moyen du Tour.

Vous aviez prévu ces résultats, Messieurs; vous
n'ignoriez pas que l'existence du Tour offrirait les

moyens de se soustraire aux formalités nouvelles, que vous alliez exiger, et qu'il apporterait des obstacles au succès des mesures que vous aviez prises.

Mais dans une matière aussi ardue, aussi délicate, où il faut de la réflexion, du temps et de la patience, vous avez voulu entrer avec prudence, avec une sage lenteur, dans la voie des réformes ; vous avez pensé qu'il y aurait imprudence, qu'il y aurait danger à supprimer brusquement le Tour dans une ville telle que Paris.

Le Conseil général de la Seine, dans sa session de 1838, à l'occasion de votre délibération du 25 janvier 1837, a envisagé la question du Tour sous le même point de vue ; voici les termes de sa délibération :

« Considérant que si les Tours ont été institués « pour prévenir des crimes par le secret qu'ils assu- « rent, ils présentent l'inconvénient grave de mul- « tiplier les Abandons et d'exposer un plus grand « nombre d'Enfants à une chance de mortalité con- « sidérable, que partout où ils ont été supprimés le « nombre des expositions a diminué.

« Considérant, toutefois, qu'il est prudent, dans « une matière aussi délicate et si souvent controver- « sée, de ne pas se hâter d'innover.

« Considérant, d'ailleurs, que les Tours ont été « légalement institués par le Décret du 19 janvier « 1811, et que leur suppression ne saurait être pro- « noncée qu'en vertu d'un acte législatif.

« Est d'avis qu'il n'y a pas lieu de supprimer, quant « à présent, le seul Tour qui existe dans le Départe- « ment de la Seine, à Paris. »

L'opinion du Conseil général de la Seine sur la légalité du Tour est conforme à la jurisprudence adoptée par plusieurs Cours royales et par la Cour de Cassation, qui ont en outre reconnu que l'exposition au Tour d'un Enfant par sa mère naturelle ou légitime ne constituait pas un délit.

Mais nous dirons avec M. Durieu (Répertoire des Établissements de Bienfaisance, tome II, page 206), « que l'on place en regard de cette jurisprudence « l'Art. 23 du Décret de 1811, qui veut que les indi-« dividus qui seraient convaincus d'avoir exposé des « Enfants, et ceux qui feraient habitude de les trans-« porter dans les Hospices, soient punis conformément « aux lois; qu'on se demande ensuite si dans cette « disposition le législateur de 1811 n'avait pas en vue « le Code pénal dont l'exécution commençait avec « cette année 1811; et si même, dans sa pensée, la « juste sévérité du Code ne devait pas être un cor-« rectif de l'Établissement des Tours; enfin, qu'on « réfléchisse que la Cour de Cassation, à une époque « contemporaine (1812) de la promulgation du Code « et du Décret, avait consacré une jurisprudence con-« forme au Décret, mais contraire à celle qui a « prévalu;

« On demeurera convaincu qu'en établissant le « Tour, le législateur a eu pour but de protéger « l'existence des Enfants, mais non de couvrir le « crime de parents assez dénaturés pour les abandon-« ner, et s'affranchir des obligations que la loi natu-« relle et la loi civile leur imposent. »

Tout en reconnaissant, Messieurs, que le Tour

existe légalement, et qu'il y aurait danger à le supprimer brusquement dans une ville telle que Paris, vous n'avez pas voulu cependant vous rendre les complices des expositions clandestines et du crime qu'elles peuvent couvrir, ni renoncer à en atténuer les fâcheuses conséquences.

Si le Tour a été indiqué comme moyen d'exposition, c'est qu'il avait été reconnu bien supérieur à tous ceux qui l'ont précédé, dans l'intérêt de la santé des Enfants, qu'une exposition sur la voie publique ou à la porte d'un Hospice pouvait compromettre; s'il a été ouvert pour les dépôts clandestins, c'était dans la pensée de prévenir les infanticides, sur lesquels il a été reconnu depuis qu'il n'exerçait aucune influence (1); mais il n'a pas été établi pour faciliter les suppressions d'état, pour assurer le secret aux personnes que des fautes ont mises dans le cas d'encourir le blâme ou le mépris de la société. Il y aurait immoralité à faciliter ce secret, et ce serait l'offrir d'une manière scandaleuse que d'accepter ces Enfants sans aucune formalité.

La Loi, en ouvrant le Tour, a voulu garantir le secret à l'égard du public; mais il ne saurait y avoir

---

(1) M. Remacle, dans le Chapitre 12, page 206, de son ouvrage déjà cité, a établi par des preuves les trois propositions suivantes :

Il n'est pas vrai que les Tours aient mis un terme aux Infanticides.

Il n'est pas prouvé qu'ils en aient diminué le nombre.

Il est prouvé, au contraire, que l'Augmentation ou la Diminution du nombre des Tours a été sans influence sur celui des Infanticides.

de secret pour une Administration qui a le droit,
dans l'intérêt de l'Enfant d'abord, ensuite dans son
propre intérêt et surtout dans l'intérêt de la morale,
de rechercher les parents, pour rendre aux Enfants
leur état civil, et pour vérifier si ceux qui lui sont
présentés sont dans une position à ne pouvoir être
refusés.

Si chaque exposition dans le Tour donnait lieu de la
part de l'Administration à des investigations et à une
instruction judiciaire dans les cas qui la comportent,
on éviterait l'apport des Enfants étrangers au Département de la Seine, on substituerait un acte d'Abandon
au dépôt secret, on préviendrait des suppressions
d'état, et on conserverait un grand nombre d'Enfants
à leurs familles.

Vous en avez déjà fait l'expérience, Messieurs : le
Tour a été pendant quelques mois l'objet de la part
de M. le Préfet de Police d'une surveillance particulière ; cette surveillance a été abandonnée, et dès ce
moment les expositions au Tour, qui n'avaient été que
de 41 en 1838, ont pris un accroissement notable et
s'élèvent aujourd'hui à plus de 700.

Cette surveillance avait pour but de prévenir les
abandons faits dans des lieux propres à compromettre
l'existence des Enfants, et d'engager les individus
chargés de cette exposition à donner quelques renseignements qui pussent aider l'autorité, soit à reconnaître les mères, soit à les engager à garder leurs
nourrissons, en leur donnant au besoin des encouragements et des secours.

Quant au secret que pouvaient vouloir garder les mères, il a été respecté quand elles y ont persisté, aussi bien que dans les enquêtes faites devant les Commissaires de police.

Vous avez vu, Messieurs, que ces investigations étaient non-seulement nécessaires dans le double intérêt de l'Enfant et des Administrations hospitalières, mais qu'elles étaient prescrites par les Réglements, et que les Circulaires ministérielles avaient souvent reproché aux Commissions administratives de ne point chercher par tous les moyens à découvrir la famille des Enfants, afin de les y faire rentrer.

Surveillance à exercer sur les Expositions au Tour.

Le Ministre, dans sa lettre du 10 juillet 1844, en vous demandant des explications sur la recrudescence qu'il a remarquée dans le nombre des Abandons, vous a demandé si le Tour était ou non l'objet de quelques mesures de surveillance, semblables à celles adoptées par plusieurs Administrations. Ce qui a été fait à Paris pendant quelques mois, ce que le Ministre vous recommande, s'observe à Lyon.

Le Conseil général des Hospices de cette ville fait exercer depuis quelque temps, avec l'auttorisation du Ministre, par quatre Agents assermentés, une surveillance sur les expositions au Tour; et c'est ainsi que cette Administration est parvenue à découvrir que plus de la moitié des Enfants exposés provenaient des Départements limitrophes, et en grande partie de la Savoie, et qu'elle a diminué le nombre des Enfants et la dépense à sa charge.

Nous pensons donc, Messieurs, qu'il serait utile de rétablir cette surveillance, en s'en rapportant pour son exécution à la prudence de M. le Préfet de police et aux instructions qui seront données par l'autorité supérieure. Vous exerceriez alors votre contrôle sur tous les genres d'Abandons, et vous seriez à même de les faire cesser, toutes les fois que vous en reconnaîtriez la possibilité.

Permettez-nous une dernière réflexion : les places dans les Hospices ne sont point données à qui se présente pour les occuper. Vous exigez des conditions d'âge, de domicile, vous faites vérifier les infirmités et constater l'indigence, et tout cela pour une assistance de quelques années; tandis que les Enfants, dont les besoins pourront durer toute leur vie, seraient admis sans conditions, sans examen, sans enquête, à la convenance des familles ! Cela ne saurait être.

Le maintien de l'enquête avant, comme après l'Abandon, le rétablissement de la surveillance sur les expositions au Tour, l'obligation imposée aux mères accouchées dans les Établissements de l'Administration de nourrir et d'emporter leurs Enfants, toutes ces mesures qui tendent à conserver le plus grand nombre possible d'Enfants dans leurs familles, vous conduisent, par une conséquence naturelle, à maintenir la disposition charitable de votre Arrêté de 1837, qui accorde des encouragements, des secours aux mères qui consentent à conserver leurs Enfants.

Secours aux Mères qui consentent à garder leurs Enfants.

Vous aviez acquis la certitude que la détresse momentanée , où se trouvent beaucoup de femmes au moment de leur accouchement, était la cause de nombreux Abandons ; vous avez pensé que vous les préviendriez en venant au secours des mères ; que la possibilité d'assurer le paiement de tout ou de partie du premier mois de nourriture, et la délivrance d'une layette, relèveraient le courage des mères , qui ne se séparent de leurs Enfants qu'avec désespoir et contraintes par la misère.

Vous avez voulu que , dans ces circonstances , des secours fussent accordés aux femmes accouchées à la Maternité et dans les Hôpitaux , ainsi qu'aux mères pauvres accouchées hors de l'Hospice.

La distribution des secours a commencé , avec les mesures , en novembre 1837. Les Commissaires de police ayant reçu mission de dresser les procès-verbaux d'Abandon, il parut naturel de leur confier le soin de proposer des secours pour les mères que la misère seule déterminait à se séparer de leurs Enfants; mais l'Administration crut reconnaître , dès la première année , que plusieurs de ces magistrats , se laissant entraîner par cette disposition si naturelle aux cœurs charitables de répandre des bienfaits partout où se rencontrent des misères , accueillaient avec un peu de facilité les demandes qui leur étaient adressées.

D'un autre côté , les occupations si nombreuses et si importantes de MM. les Commissaires de police les mettaient dans l'impossibilité de visiter les accouchées à domicile, et de se livrer par eux-mêmes aux recherches indispensables pour apprécier la véracité des déclarations qui leur étaient faites ; et cependant on ne peut bien connaître la situation d'un indigent qu'en le visitant dans sa demeure : l'aspect du ménage, l'état du mobilier, l'importance du logement, le nombre des Enfants sont les éléments indispensables pour se former une opinion ; c'est au domicile seulement qu'on peut les obtenir.

Ces considérations vous ont conduits à reconnaître la nécessité de faire vérifier les demandes de secours par les Visiteurs ordinaires de l'Administration des Hospices.

Malgré ces précautions, le nombre des personnes qui ont sollicité des secours a été en augmentant chaque année, ainsi qu'on peut en juger par le Tableau n° 8 ; mais, par contre, on a réduit l'importance individuelle des secours.

Cette facilité à admettre toutes les demandes a fini par persuader à chaque famille peu fortunée, à chaque fille-mère, à laquelle il survient un Enfant, qu'elle avait droit de recevoir de l'Administration une demi-layette et le premier mois de nourriture, et qu'il suffisait pour l'obtenir de justifier de l'accouchement. Cette croyance est si généralement répandue aujourd'hui, que très-souvent les accouchées ne réclament plus ces secours par l'intermédiaire des Commissaires de police, mais qu'elles s'adressent directement à l'Administration, et se contentent de faire déposer dans les Bureaux ou même d'envoyer par la Poste nn simple Bulletin de naissance, comme un billet à

5

ordre présenté à l'échéance, et que la Caisse des Hospices n'a plus qu'à solder.

La Commission centrale s'est aussi montrée facile dans la délivrance des secours Montyon ; la demi-layette et une somme de 10 fr. au minimum sont accordées à presque toutes les femmes accouchées sortant des Hôpitaux ; un Bulletin de nourrice est aussi accordé à celles qui le réclament ; le manque de nourrices ou le refus de la part de ces dernières de se charger des Enfants de familles pauvres, est le seul obstacle à la délivrance de ce secours : à défaut de nourrice, il est accordé en remplacement un secours en argent.

Ce n'est pas seulement dans la facilité avec laquelle les secours ont été accordés qu'il faut chercher la cause des résultats qui se manifestent. Nous vous l'avons déjà en partie signalée. Tout nouveau secours fait surgir, non pas de nouveaux besoins, comme on l'a prétendu à tort, mais il les met à découvert. et l'on voit bientôt s'augmenter rapidement le nombre de ceux qui demandent à y participer.

Dans les derniers mois d'une grossesse, il y a habituellement incapacité de travail et impossibilité de faire des économies ; on dissipe celles qu'on avait réalisées. Il est également difficile de travailler dans les premiers temps qui suivent l'accouchement ; c'est donc pour une famille peu aisée une surcharge, une aggravation à sa position que la naissance d'un Enfant. Les secours donnés à cette occasion sont presque toujours bien placés ; ils viennent en aide à ces familles,

mais ils ne sont point indispensables dans tous les cas.
Mais, dira-t-on, comment discerner d'une manière in-
faillible l'indigence absolue de celle qui possède encore
quelques faibles ressources? Quelle est la limite précise devant laquelle il faut s'arrêter et qu'il ne faut
pas dépasser dans la dispensation des soulagements?
C'est ce qu'il est bien difficile de déterminer, même
pour les personnes qui s'occupent habituellement de
la distribution des secours publics.

Un refus mal appliqué peut entraîner l'abandon
d'un Enfant et lui faire perdre à jamais sa famille et
son état social; et, lorsqu'il y a doute sur la situation
d'un ménage, souvent si difficile à constater, le secours ne doit-il pas être accordé?

L'Administration n'a jamais conçu l'espoir de voir
coïncider d'une manière exacte le nombre des secours
avec celui des Abandons prévenus. Quand elle a usé
de tous les moyens dont elle dispose pour obtenir des
renseignements exacts sur les familles, elle a fait tout
ce qu'on peut exiger d'elle. Si quelques secours ont
pu être mal appliqués, au moins elle n'a pas mé-
connu d'infortunes réelles et ne s'est point exposée
à encourir le reproche d'inhumanité.

Dans la charité privée, comme dans la bienfaisance publique, on marche entre deux écueils: refuser
des secours à des personnes nécessiteuses, ou en accorder à des personnes qui n'en ont pas absolument
besoin; pour éviter le premier écueil on est peut-être
tombé dans le second.

Il est en effet bien constant, Messieurs, que

parmi les secours délivrés, il en est un grand nombre qui ont été reçus par des ménages, par des mères qui auraient élevé leurs Enfants sans recourir à l'Administration, et qui n'avaient jamais conçu la funeste pensée de les abandonner.

Il est également constant que les secours délivrés aux femmes accouchées sont ainsi sortis de leur spécialité, qu'en se multipliant, ils ont perdu de leur importance et par suite de leur efficacité.

L'influence de ces secours sur les Abandons n'a donc pas été aussi féconde que vous l'espériez, puisque le nombre des Abandons s'est accru malgré l'augmentation du nombre des personnes secourues. L'ensemble des mesures que vous avez adoptées a eu pour résultat de prévenir l'abandon de 10,908 Enfants pour les années de 1838 à 1844, ci 10,908

Vous avez secouru pendant ces sept années 29,002 femmes accouchées. 29,002

On aurait donc secouru 18,094 femmes de la part desquelles l'abandon des Enfants n'était pas à craindre, ci 18,094

En appliquant à ce nombre de 18,094 accouchées, la moyenne des secours accordés qui est pour les sept années de 23 f. 37 c., c'est une somme de 422,856 f. 78 c. sur celle de 688,028 fr. qui aurait été dépensée sans recevoir la destination que vous vous étiez proposée. Il est vrai que 12,196 femmes ont été secourues sur a fondation Montyon à leur sortie des Hôpitaux, et que ces femmes auraient reçu des secours ordinaires évalués en moyenne à 9 francs, ce qui réduirait la dépense à 313,692 francs.

Ces observations ne tendent nullement à la suppression des secours aux femmes accouchées, mais elles ont pour but d'appeler votre attention sur la nécessité d'adopter des règles nouvelles pour la distribution de ces secours, en ramenant le crédit dans sa spécialité, c'est-à-dire, en n'accordant, sur le fonds destiné à prévenir les Abandons, des secours qu'aux mères de la part desquelles l'abandon serait à craindre, et auxquelles ils pourraient être réellement profitables ; nous ne vous proposerons pas de procéder par un changement trop brusque. Vous nous permettrez d'agir avec la prudence et la maturité qui président à tous vos actes.

Dans l'allocation de ces secours, plusieurs circonstances sont à considérer: le degré de misère, la nature des moyens d'existence, l'allaitement de l'Enfant par sa mère ou par une nourrice, la moralité de la mère ou des parents, leur situation réciproque, c'est-à-dire l'état de mariage, de concubinage ou d'abandon.

Une femme exerçant une profession qui lui permet de faire des économies, celle par exemple qui est domestique à 250 ou 300 fr. de gages, ne doit pas être traitée comme la pauvre ouvrière dont le salaire serait de 75 c. à 1 fr. par jour ; celle-ci, gagnant à peine de quoi subvenir à ses premiers besoins, n'a pu réaliser d'économies pour pourvoir à la nourriture et à la layette de son Enfant, l'autre au contraire a pu faire quelques épargnes.

La femme qui allaite son Enfant ne doit pas non plus obtenir la même somme que celle qui est obligée de recourir à une nourrice.

Une femme mariée trouve, en général, des ressources dans le travail de son mari ; la fille habitant avec son concubinaire est souvent aidée par lui ; celle dont la position réclame presque toujours le soulagement le plus abondant est assurément la fille-mère abandonnée, surtout quand elle ne tire qu'un faible salaire de son travail.

La position de ces deux dernières classes de personnes est moralement beaucoup moins intéressante, nous sommes forcés de le reconnaître. Cependant, cette considération ne doit pas dominer exclusivement dans la fixation du secours, parce que l'Administration, décidée à accorder des secours pour prévenir des Abandons, doit les proportionner au degré de pénurie, et n'envisager que l'intérêt de l'Enfant et celui de la société.

Ces sages préceptes, tracés par M. le Préfet de Police dans sa Circulaire du 1er novembre 1838, aux Commissaires de police, ont été mis généralement en oubli dans l'allocation de ces secours.

Une vérification plus exacte, plus intime, plus approfondie, une appréciation plus scrupuleuse et mieux raisonnée des besoins et de la position des personnes, en réduisant le nombre des mères qui seraient secourues, vous permettrait d'augmenter la quotité des secours, et de parvenir, en les renouvelant, au but que vous voulez atteindre.

Pouvez-vous croire, en effet, Messieurs, que les secours, à peu près uniformes et une fois payés, qui ont été accordés, et dont la moyenne des trois dernières années dépasse à peine 21 francs, soient un encouragement suffisant pour aider les parents dans l'éducation des Enfants, et pour en empêcher l'Abandon?

Dans un ménage pauvre, quand le père et la mère ont de l'ouvrage, un secours au moment de l'accouchement vient en aide aux nouveaux besoins qu'entraîne la naissance d'un Enfant; il n'est pas toujours nécessaire que ce secours soit renouvelé; aussi vous avez vu que le nombre des Enfants légitimes abandonnés était peu considérable, et que la réduction obtenue dès la première année des mesures s'était maintenue jusqu'à ce jour.

Mais pour les filles-mères dépourvues de ressources, et sur qui retombent de fait et de droit la charge de l'éducation de l'Enfant, puisque la Loi leur ôte tout recours contre le séducteur qui les a abandonnées, les secours devraient être nécessairement plus abondants.

La plupart des filles-mères sont des ouvrières ou des domestiques; le salaire journalier des unes, comme le gage annuel des autres, est absolument insuffisant pour l'entretien d'une Mère et d'un Enfant. La tâche est moins difficile pour les domestiques, qui trouvent à se replacer; mais elle est presque impossible pour les ouvrières, dont les salaires sont plus précaires et moins élevés.

Les unes et les autres ont presque toujours perdu

leur place ou leur travail par le fait de leur grossesse ; elles ont épuisé, avant la naissance de l'Enfant, les économies qu'elles avaient pu faire ; elles se trouvent donc la plupart du temps dépourvues de toute ressource au moment de leur accouchement.

Quelques-unes, chez lesquelles les sentiments de l'amour maternel ne sont pas entièrement éteints, acceptent le secours du premier mois et de la layette, espérant pourvoir par leur travail à la tâche qu'elles s'imposent ; mais la plupart, peu encouragées par l'offre d'un premier secours dont jusqu'ici on ne leur a jamais fait espérer *le renouvellement*, reculent devant l'énormité de cette charge et devant les embarras qu'elle entraîne à sa suite.

Les secours à délivrer devraient donc, pour prévenir efficacement l'Abandon, *être répétés à différentes époques et durer, s'il y a lieu, plusieurs années,* puisque les difficultés de l'éducation d'un Enfant se prolongent au delà de la première année, et que la présence d'un Enfant est pendant long-temps un obstacle à ce que sa mère puisse se placer ou travailler en ville.

Dans son Rapport au Roi, du 5 avril 1857, déjà cité, M. de Gasparin, alors Ministre de l'Intérieur, sans émettre comme des idées arrêtées les mesures adoptées par quelques Conseils généraux pour remédier aux Abandons et les prévenir, présente les considérations suivantes en ce qui concerne l'allocation des secours :

« Si la femme véritablement indigente avait l'espoir d'obtenir un secours alimentaire, qui lui per-

« mettrait d'élever son Enfant pendant les premiers
« temps, elle le garderait et ne s'en séparerait plus ;
« ce n'est pas après lui avoir donné son lait et ses
« soins pendant un an ou deux qu'une Mère consent
« à mettre son Enfant à l'Hospice ; la plupart des ex-
« positions ont lieu dans les premiers mois de la nais-
« sance » (nous dirons, nous, dans les premiers jours
de la naissance ; après quelques jours , l'Abandon est
bien moins à craindre).

« Il s'agirait donc de remplacer, par un bon sys-
« tème de secours à domicile pour la Mère, le secours
« que l'on donne aujourd'hui à l'Enfant dans l'Hos-
« pice. Il s'agirait de payer à la Mère les mois de
« nourrice qu'on paie actuellement à une Nourrice
« étrangère.

« Comme économie , ce système aurait un avan-
« tage incontestable ; car , en supposant qu'on payât
« deux ans de mois de nourrice à la Mère , le Dépar-
« tement n'aurait pas l'Enfant à sa charge pendant les
« dix années suivantes.

« Comme résultat moral , il n'est pas besoin de
« faire observer combien il y a d'importance à ne pas
« séparer l'Enfant de la Mère, et à ne pas briser le
« lien de famille au préjudice de tous deux.

« Si ce système présente au premier aperçu des
« avantages , en voici les inconvénients :

« Ce système n'ouvrirait-il pas la porte à des abus,
« en encourageant les Mères à réclamer les secours
« alimentaires? n'y aurait-il pas à redouter de retom-

« ber dans tous les inconvénients de la Législation de
« l'an ii? Il est vrai que la Législation de l'an ii rendait
« le secours obligatoire, qu'elle en faisait une espèce
« de prime en raison du nombre d'Enfants donnés au
« pays.

« Or, rien de semblable n'existerait dans la mesure
« dont il s'agit : les secours ne seraient accordés qu'à
« l'indigence bien constatée, et il suffirait de quelque
« surveillance pour empêcher les abus. »

La Circulaire du 31 janvier 1840 que nous avons citée à sa date, engage les Administrations hospitalières à assurer des secours en argent aux Mères, à l'effet de pourvoir aux premiers besoins, jusqu'à ce qu'elles puissent reprendre leurs travaux, et confirme la mesure adoptée par l'Administration d'amener la Mère à donner son soin à l'Enfant dans l'espoir qu'elle éprouvera plus de peine à s'en séparer.

Plusieurs Départements, Messieurs, la Nièvre (1), le

---

(1) La mesure des Secours adoptée dans le Département de la Nièvre a complétement changé de face le Service des Enfants-Trouvés.

Les Secours accordés, qui dans l'origine s'étendaient sur cinq années, ont été réduits à deux ans en 1842 ; ce Secours est de 5 francs par mois, indépendamment d'une récompense de 20 fr. pour le premier mois, et une semblable à l'expiration de l'allaitement, si l'Enfant a été élevé avec soin, tendresse et sollicitude. Il est accordé aux filles-mères qui consentent à nourrir elles-mêmes leur Enfant.

Un Rapport de l'Inspecteur du service des Enfants-Trouvés, qui nous a été communiqué par un des Membres de votre Commission, détaille tous les avantages qui résultent du nouveau système adopté, sous les rapports d'économie, de moralité et de vitalité des Enfants.

De ce travail résulte la preuve que les expositions clandestines ou abandons d'Enfants plus âgés ont presque disparu, que les Infanticides sont plus rares, que les Enfants sont soignés avec plus de sollicitude ;

Bas-Rhin, le Doubs, les Hautes-Alpes, accordent des secours mensuels aux filles-mères qui conservent leurs Enfants, et prolongent ces secours pendant plusieurs années.

Ces Départements se félicitent d'être entrés dans cette voie, qui a réduit les Abandons dans une proportion considérable, et influé favorablement, d'une manière notable, sur la mortalité.

---

que la différence de mortalité entre les Enfants de l'Hospice et ceux dont les Mères sont secourues, est dans la proportion des deux tiers; et enfin que la Dépense de ce service, qui déjà par les mesures précédentes était tombée de 100,000 fr. à 70,000 fr., ne s'élèvera plus bientôt qu'à 50,000 fr.

M. le Préfet du Département des Hautes-Alpes, qui a fait coïncider dans son Département la fermeture du Tour avec les secours aux filles-mères délivrés avec précaution et une active surveillance, vient de publier une Brochure, dans laquelle il considère la mesure des secours comme la plus certaine, la plus efficace pour prévenir les Abandons. Ce Magistrat appuie son opinion sur l'expérience qu'il en a faite, et sur des faits accomplis.

Ainsi ce Magistrat fait connaître qu'en 1840 les Abandons s'étaient élevés au nombre de 108 Enfants. Les premiers secours ont été offerts aux filles-mères Indigentes dans le courant d'avril 1841, et cette même année les expositions furent réduites à 52; en 1842, à 25; en 1843, à 25; en 1844, à 5 Enfants. Et encore sur ce nombre, pendant les deux dernières années, sur les 25 Enfants abandonnés en 1843, 18 avaient été retirés par leurs mères, 10 moyennant un secours, 8 sans secours, 2 décédés; en 1844, sur 5 Enfants abandonnés, 4 Enfants avaient été retirés par leurs mères, 2 moyennant secours, et 2 sans secours, en sorte qu'il n'en restait plus comme abandonnés à la charge de ce Département en 1843, que 5 sur 25, et en 1844, que 1 sur 4. Le nombre des Femmes secourues a été annuellement de 23.

Il est certain que tous les Départements ne sont pas dans la même condition, que l'on ne réussira pas partout également bien, ni avec la même facilité, ni dans le même temps; mais avec de la persévérance, une sage lenteur, nous devons arriver aux mêmes résultats.

S'il est facile, s'il est possible d'obtenir dans les provinces que les mères conservent leurs Enfants pour les élever, cela est plus difficile, pour ne pas dire impossible à Paris, où les femmes sont placées dans des conditions bien différentes.

Le taux des mois de nourrice et celui des salaires exigés par les gardiennes d'Enfants à Paris, sont trop élevés pour que des domestiques, et surtout des ouvrières obligées de travailler au dehors pour vivre, puissent supporter ces charges qui sont au-dessus de leurs facultés, à moins d'être aidées et secourues plus efficacement qu'elles ne l'ont été jusqu'ici.

Combien de mères nous ont proposé de nous charger de leurs Enfants avec offre d'acquitter les salaires payés par l'Administration pour les Enfants trouvés, ou avec réduction sur les prix de la Direction des Nourrices!

Combien d'autres nous ont déclaré qu'elles se trouvaient, avec regret, dans l'impossibilité de les reprendre, parce qu'elles ne pouvaient les garder avec elles, et qu'elles ne savaient à qui les confier!

Pourquoi l'Administration n'accepterait-elle pas ces offres? pourquoi ne viendrait-elle pas en aide aux mères qui sont dans l'impossibilité absolue de conserver auprès d'elles leur Enfant, et qui, malgré ses secours, sont obligées de les abandonner, parce qu'elles ne peuvent trouver personne qui veuille s'en charger, ou parce que les conditions qu'on leur fait sont trop onéreuses.

Si l'Administration voyait, ainsi que nous le pensons, des inconvénients à maintenir les Enfants à titre de dépôt à la campagne, aux conditions des Enfants trouvés, moyennant salaires payés par les parents (1), nous sommes convaincus qu'il serait possible d'organiser à la Direction des Nourrices un service de placement des Enfants en sevrage à la campagne, à des prix modérés, et qui ne seraient guère plus élevés que ceux payés pour les Enfants trouvés.

Cette *mesure* serait un moyen efficace de prévenir les abandons, et de les faire cesser; les liens de famille ne seraient pas interrompus, puisque les pa-

---

(1) A Strasbourg, à Besançon, comme à Vienne en Autriche, les mères sont soumises à différentes taxes, suivant le lieu de leur résidence.

A Strasbourg on reçoit pour un Enfant né dans le Bas-Rhin d'une française domiciliée............................. 300

Si la mère est domiciliée dans un autre Département........ 400

Si l'Enfant est né dans le Bas-Rhin d'une mère étrangère ou d'une française à l'étranger............................. 600

S'il est né dans un autre Département d'une étrangère...... 800

Pour celui né hors du Royaume, d'une étrangère........... 900

Si l'Enfant est âgé de plus d'un an, on ajoute 100 francs de plus par année. De 1826 à 1835, l'Hospice de Strasbourg a ainsi reçu de 105 Enfants 39,570 fr.

A Besançon, l'Hospice exige 100 fr. pour l'admission de l'Enfant d'une régnicole, et 500 fr. pour celle d'un Enfant étranger. De 1822 à 1834, le montant de ces rétributions s'est élevé à la somme de 73,134 fr.

A Lyon on connaît aussi des *Enfants traités* qui ne sont autre chose que des Enfants naturels, pour lesquels les familles ont pris des arrangemens avec l'Hospice.

(M. Remacle, *des Hospices d'Enfants trouvés en Europe et en France*, page 247.)

rents recevraient des nouvelles de leurs Enfants, et les reprendraient quand ils le jugeraient à propos, ou qu'ils en auraient la possibilité. Ce serait une œuvre utile à la société, autant que morale ; car n'est-il pas permis de se demander quel est le sort de ces pauvres Enfants ramenés à un an, près de leurs mères, dans les greniers qu'elles habitent, et d'où la plupart s'absentent presque tout le jour !

Mais, dira-t-on, il existe des Asiles pour recevoir les Enfants ? Nous répondrons : 1° que les Asiles ne reçoivent les Enfants qu'après l'âge de deux ans ; 2° qu'ils ne sont pas en nombre suffisant pour satisfaire à tous les besoins ; que ces Établissements ouvrent trop tard et ferment trop tôt, tandis que pour remplir le but de leur institution et être vraiment utiles, ils devraient s'ouvrir et se fermer avec les travaux ; 3° que le dépôt d'un Enfant à l'Asile, suppose que la mère a un domicile pour recevoir son Enfant.

Vous aurez, Messieurs, à examiner auxquels des deux genres de secours vous donnerez la préférence, du secours à domicile, ou du placement en sevrage à la campagne, ou si vous emploierez l'un et l'autre mode, suivant la position des parents.

Le premier offre l'avantage de laisser l'Enfant auprès de sa mère, mais de lui faire partager sa misère, ses privations ; il est plus onéreux, puisqu'il faut souvent secourir deux personnes.

Le second éloigne l'Enfant de sa mère, le prive des soins maternels pour le livrer à des mains mercenaires ; mais il y a pour l'Enfant plus de chances de vie et de santé ; la mère pouvant se livrer au travail ou entrer en service, les secours peuvent être moins abondants.

Pour que la mesure du secours à domicile égalât la dépense actuelle du service des Enfants trouvés en étendant le secours d'allaitement à deux années, il faudrait que le nombre annuel des Enfants fût plus que triplé, ce qui n'est ni présumable, ni possible ; et même cela advint-il, s'il devait en résulter une moralisation de la classe pauvre, un rappel soit à la vertu, soit aux sentiments maternels, et une grande diminution de mortalité parmi ces malheureux Enfants ; le succès obtenu serait assez beau dans l'intérêt social, pour ne pas s'arrêter et reculer devant même un accroissement de dépense.

Vous pourrez aussi être aidés, Messieurs, dans cette tâche, par l'action si puissante et si moralisatrice que doivent exercer sur la conservation des Enfants, par leurs mères, les Asiles nouvellement fondés sous le nom de Crèches, pour y recevoir les Enfants âgés de moins de deux ans. « La Crèche prévient la misère en facilitant le travail, elle dégage les bras de la mère, et lui donne la liberté de son temps. Or le temps et les bras sont l'unique trésor du pauvre » (1). Lorsqu'on pourra offrir aux mères obligées de travailler en ville, assez de Crèches ou d'Asiles pour y déposer leurs Enfants, il n'existera plus de prétexte ni d'excuse à l'Abandon des Enfants.

---

(1) Des Crèches ou moyen de diminuer la misère en augmentant la population, par F. Marbeau.

Placement des Enfants des Mères secourues par l'intermédiaire de la Direction.

Pour ne rien négliger de tout ce qui a rapport à la question des secours , nous devons vous entretenir , Messieurs , des résultats de la mesure par laquelle vous avez ordonné que le placement en nourrice des Enfants des mères secourues aurait lieu par l'intermédiaire de la Direction des nourrices , au moyen du paiement du premier mois de nourriture , des frais de voyage , et souvent d'une demi-layette.

Ce premier secours , dont l'importance est de près de 55 fr., est onéreux pour l'Administration , en ce qu'il entraîne souvent à sa suite le paiement des autres mois , sur le pied de 10 fr. garanti à la nourrice jusqu'à douze mois , soit parce que les parents ont déménagé sans indice , soit que par misère , ou même par mauvais vouloir , ils n'acquittent pas les mois de nourrice. Le placement des Enfants en nourrice , par l'intermédiaire de la Direction , offre l'inconvénient grave , que ce n'est point un secours accordé après examen et avec discernement de la part de l'Administration , et après vérification de la position des familles. Ce secours appartient , pour ainsi dire , à celui qui veut se l'attribuer , et malgré l'Administration.

La condition de garantie par la Direction envers les nourrices nous a toujours paru exiger , à titre de compensation , que cet Établissement fût armé contre les parents , ses débiteurs , de moyens coërcitifs , tandis qu'aujourd'hui , où les frais de poursuites sont à sa charge , cette clause onéreuse et abusive acquiert une plus grande gravité par la nature de la nouvelle classe de débiteurs que vous venez de donner à cet Établis-

sement, en plaçant par son intermédiaire les Enfants
des familles secourues.

Voici un aperçu de l'influence de cette mesure sur
les opérations de la Direction des Nourrices et le nombre des Enfants abandonnés par leurs parents.

Pendant les années qui ont précédé les mesures,
le nombre des Enfants envoyés par la Direction aux
Enfants-Trouvés était annuellement de 15 environ,
soit de 2 sur 100.

En 1843, le nombre des Enfants abandonnés a été
de 128 sur 1071 Enfants ramenés de nourrice. La
proportion a été d'un peu plus d'un huitième, soit de
13 sur 100. Elle a été en 1844 de 12 sur 100.

Si on opère séparément pour les Enfants des familles secourues, la proportion des Abandons est d'un
sur 5, ce sont donc 20 Enfants sur 100 qui ont été
abandonnés malgré le paiement des mois de nourrice.

Si l'Abandon des quatre autres cinquièmes a été
prévenu par ce sacrifice, la mesure est bonne; mais
nous devons dire que cette mesure qui accorde à la
Direction le privilége du placement en nourrice des
Enfants des mères secourues a été funeste à la réputa-
tion de cet Établissement, qu'elle a discrédité dans les
provinces; les nourrices sont devenues plus rares, et
refusent la plupart du temps de se charger des Enfants des Femmes secourues, leurs salaires se trouvant
réduits aux 10 francs par mois garantis par l'Administration; aussi nos préposés nous annoncent-ils qu'ils

6

ne trouveront bientôt plus de Nourrices, si le taux de la garantie n'est point augmenté.

Quant au résultat financier, la perte de la Direction, qui était dans les années antérieures de 18 fr. par Enfant ou de 14 pour 100, soit 37,000 fr., est aujourd'hui de plus de 37 fr. par Enfant ou de 28 pour 100, soit de 80,000 fr.

Recherches pour retrouver les familles et remise des Enfants à leurs parents.

Vous avez remarqué, Messieurs, dans les passages que nous avons extraits des Instructions ministérielles, que le Ministre reprochait aux Administrations hospitalières de considérer les Abandons des Enfants comme définitifs, de ne rien faire pour les faire cesser, et de refuser la remise des Enfants à leurs parents.

M. de Gasparin, dans son Rapport au Roi en 1837, a signalé parmi les causes permanentes dont l'existence lui paraissait influer sur l'accroissement du nombre des Enfants trouvés :

« 1° L'usage devenu presque universel de considérer « comme définitive et absolue l'admission des Enfants « dans les Hospices, de telle sorte que l'on néglige « entièrement de rechercher les parents auxquels ils « devraient être rendus.

« 2° La répugnance, on pourrait bien dire la ré-« sistance, à remettre des Enfants naturels exposés « ou abandonnés à leurs mères ou à leurs familles, qui « dès l'origine étaient connues ou l'ont été depuis,

« dans la crainte que ces Enfants ne soient privés de
« l'éducation morale et religieuse qu'ils reçoivent
« dans les Hospices. »

Jusqu'ici aucunes démarches n'ont été faites par
l'Administration pour rendre à leurs familles des Enfants qui avaient passé le premier âge ; mais vous avez
autorisé avec facilité la remise gratuite des Enfants à
leurs parents, toutes les fois qu'ils justifiaient, aux
termes des réglements, de leur moralité et des moyens
d'élever l'Enfant qu'ils réclamaient.

Vous avez exigé le paiement des frais toutes les fois
que les parents étaient en position de les rembourser ; vous avez, il est vrai, refusé dans des cas très-
rares de rendre des Enfants à leurs familles, soit lorsque la remise offrait des dangers pour l'Enfant, soit
lorsqu'elle offrait moins d'avantages que ceux qui
étaient acquis à l'Enfant par son placement ou par
son brevet d'apprentissage.

Vous appréciez toujours ces considérations, Messieurs, lorsque les remises d'Enfants sont soumises
à votre approbation.

Les obstacles apportés à la remise des Enfants, la
somme qu'il faut payer pour en avoir des nouvelles
(30 fr.), le remboursement de la totalité ou d'une
partie des frais d'éducation, avaient été considérés jusqu'ici comme des mesures pénales ayant pour but de
rendre les expositions plus difficiles.

« Quelques bons esprits (1) reprochent à ce régime

(1) MM. Remacle et Gaillard.

« de séparer à jamais la mère de son nouveau-né, de
« donner une force nouvelle à cette maladie morale,
« l'indifférence pour son enfant ; de vendre à un haut
« prix l'appui momentané qu'on donne aux malheu-
« reuses mères , et de le leur faire acheter par le sa-
« crifice de toutes les jouissances maternelles.

« Le régime actuel a , suivant eux , pour résultat
« nécessaire l'amortissement des sentiments mater-
« nels ; il fait tout pour les refroidir et les éteindre,
« et spécule sur l'existence d'un sentiment que l'on a
« étouffé et qui est mort. »

Ces auteurs voudraient que la mère puisse voir son
Enfant, ou en avoir des nouvelles , dans l'espoir que
la tendresse maternelle se développerait peu à peu, et
la porterait bientôt à réclamer son Enfant. Sans repousser et sans admettre d'une manière absolue ces
théories, dont l'expérience a démontré les inconvénients et les dangers qui peuvent être atténués dans
l'exécution ; nous pensons que la somme de 30 fr.,
exigée des parents qui désirent obtenir des nouvelles
d'un Enfant, est trop élevée ; qu'en diminuant la quotité du droit de recherche on rendrait les réclamations plus fréquentes ; nous pensons donc que ce droit
devrait être réduit à 10 fr., peut-être à 5 fr.

Vous aurez à décider aussi, Messieurs, si, dans l'intérêt des Enfants, vous rechercherez leurs parents ,
afin de les faire jouir des droits qu'ils ont perdus. Parce
qu'une famille se sera trouvée un moment dans un état
de détresse absolue , il ne s'ensuit pas que cette détresse doive se prolonger aussi longtemps que l'édu-

cation de son Enfant. Cela est vrai, mais quels moyens l'Administration possède-t-elle ou emploierait-elle pour découvrir les familles qui ont su se dérober aux recherches au moment de l'Abandon, et dont elle a perdu les traces ?

Vous penserez sans doute qu'il faudra bien se garder de troubler le repos des familles ou des ménages, par des recherches imprudentes, et dont le succès serait douteux.

Une occasion toute naturelle de faire des recherches s'offrira sans dangers et sans inconvénients, lorsque la mère viendra réclamer des nouvelles de son Enfant ; peut-être jugerez-vous prudent, avant d'agir, d'attendre cette circonstance, et de la mettre à profit pour chercher à rendre l'Enfant à sa famille.

Nous croyons, Messieurs, avoir répondu, par les explications qui précèdent, aux questions qui vous avaient été adressées primitivement par M. le Ministre de l'Intérieur.

1° Sur la situation des Expositions ou Abandons d'Enfants dans le Département de la Seine.

2° Sur les causes de la recrudescence remarquée dans les Abandons.

3° Sur les formalités observées pour la réception des Enfants.

4° Sur la suveillance dont le Tour d'exposition était ou non l'objet.

'Enfants étrangers au Département de la Seine.

Il nous reste à examiner une dernière question, dont vous avez été ultérieurement saisis, celle relative aux Enfants étrangers au Département de la Seine, et que le Ministre a formulée en ces termes :

« Quelles mesures sont tentées pour prévenir l'ap-
« port, à Paris, des Enfants étrangers au Département
« de la Seine, ou pour rejeter la dépense de ces En-
« fants sur les Départements auxquels ils appartien-
« nent ? »

Cette question, Messieurs, n'avait pas échappé à votre sollicitude : vous vous en étiez occupés avant que le Ministre eût appelé sur elle votre attention.

Nous allons vous rendre compte de ce qui a été fait à cet égard.

Le procès-verbal d'un Commissaire de police, exigé pour la réception des Enfants, a fait cesser l'apport direct et périodique qui avait lieu ostensiblement, des Enfants appartenant aux Départements voisins de la Capitale. Mais le Tour étant resté ouvert et sans surveillance, ces Départements ont eu et ont encore toute facilité pour exposer clandestinement et frauduleusement au Tour des Enfants dont la charge devrait leur incomber.

L'Administration ne peut donc se prémunir contre l'apport au Tour des Enfants qui lui sont étrangers, qu'en rétablissant, ainsi que nous l'avons proposé plus haut, la surveillance sur ces expositions, surveillance qui a existé pendant quelques mois en 1837 et 1838.

Cette surveillance est actuellement exercée à Lyon, ainsi que nous l'avons indiqué plus haut, par quatre Agents assermentés, appartenant à cette Administration hospitalière. C'est par ce moyen qu'elle est parvenue à découvrir qu'un nombre considérable d'Enfants étaient apportés de la Savoie et des Départements limitrophes, et qu'elle se refuse aujourd'hui à les recevoir.

M. le Préfet du Nord a pris en 1842 un moyen encore plus décisif et plus efficace, celui de fermer le Tour de la ville de Lille, qui, situé à proximité de la frontière, facilitait l'apport clandestin d'un grand nombre d'Enfants nés en Belgique.

La surveillance que le Département du Rhône a établie pour prévenir l'exposition au Tour des Enfants nés hors de France, nous vous la proposons, Messieurs, pour prévenir l'apport des Enfants appartenant aux Départements qui sont limitrophes du Département de la Seine.

Mais il est une autre cause que nous vous avons déjà signalée, qui contribue dans une forte proportion à augmenter le nombre des naissances d'Enfants naturels à Paris et par suite le nombre des Enfants abandonnés, et vient expliquer le grand nombre des Enfants délaissés par la Maison d'Accouchement et les Hôpitaux de Paris : nous voulons parler des femmes qui viennent à Paris pour y cacher leur grossesse et pour y faire leurs couches, de tous les points de la France et même des pays étrangers.

Le nombre de ces femmes, déjà considérable, ne pourra que s'accroître par suite de la fermeture des Tours dans plusieurs Départements, et des mesures adoptées par plusieurs Préfets pour contraindre les mères à conserver leurs Enfants qui, dans ces Départements, sont repoussés des Hospices; la facilité des nouvelles voies de communication contribuera encore à augmenter le mal.

Nous vous avons fait connaître plus haut que, depuis le 1er avril dernier, nous avions chargé le Directeur de la Maison d'Accouchement d'interroger les femmes accouchées qui abandonneraient leurs Enfants, afin de savoir depuis combien de temps elles habitaient Paris, et si elles y avaient acquis domicile de secours.

Cette enquête nous a appris que près de deux tiers des Enfants abandonnés après leur naissance à la Maison d'Accouchement appartenaient à des mères qui étaient venues exprès à Paris pour y cacher leur grossesse, ou pour y faire leurs couches, ou qui n'habitaient Paris que depuis quelques mois.

Cette enquête, étendue depuis peu de temps seulement aux femmes accouchées dans les Hôpitaux de Paris, à domicile ou chez les Sages-Femmes, a été bien loin de produire le même résultat, parce que l'enquête faite par les Commissaires de police a été tardive, et qu'il ne leur a pas été possible de s'assurer de la véracité des déclarations qui leur étaient faites, surtout par les femmes accouchées chez les Sages-Femmes, qui sont les premières à conseiller les déclarations mensongères.

Quoi qu'il en soit, depuis le 1er avril dernier, c'est-à-dire en 9 mois, 700 Enfants environ ont été reconnus étrangers au Département de la Seine, et appartenir à des mères qui n'y avaient pas leur domicile habituel.

Des réclamations en pareil nombre ont été adressées, par l'entremise de M. le Préfet de la Seine, à ses Collègues des Départements, auxquels les Enfants appartenaient. Nous en présentons les résultats dans un état ci-annexé.

Les réclamations formées par l'Administration ont été fondées sur les dispositions de la Loi du 24 vendémiaire an 2 (15 octobre 1793), ainsi conçues :

« Art. 2. Le lieu de la naissance est le lieu naturel « du domicile de secours.

« Art. 3. Le lieu de naissance pour les Enfants est « le *domicile habituel de la mère* au moment où « ils sont nés.

« Art. 4. Pour acquérir le domicile de secours il « faut un séjour d'un an dans une commune. »

Toutes les fois qu'il a été constaté que la mère d'un Enfant avait, avant sa naissance, acquis domicile de secours par un an de séjour à Paris, l'Administration n'a pas adressé de réclamation ; mais lorsqu'il a été reconnu qu'au moment de la naissance d'un Enfant, sa mère n'avait pas un an de séjour à Paris, qu'elle n'y avait pas sa demeure habituelle, et que par conséquent elle n'y avait pas acquis le domicile de secours, il a été écrit au Préfet du Département dans lequel la mère résidait antérieurement pour qu'il eût à pourvoir aux frais d'existence de l'Enfant.

En ne considérant comme le lieu de la naissance des Enfants que celui du *domicile habituel* de la mère, au moment de sa naissance, le législateur n'a pas voulu que le hasard seul du fait de l'accouchement de la mère dans une localité à laquelle aucun lien ne la rattachait, ou ne la rattachait que momentanément, pût devenir, pour cette localité, le principe d'une obligation d'autant plus onéreuse qu'elle pouvait être plus durable. On conçoit toute l'importance de cette disposition en ce qui concerne les Enfants abandonnés, dont le domicile de secours, ainsi fixé au moment de leur naissance, ne change pas jusqu'à 21 ans, puisque, d'après l'art. 7 de la même Loi, tout citoyen peut, sans autre condition, réclamer le domicile de secours au lieu de sa naissance.

Maintenant que faut-il entendre par domicile habituel?

La loi ne s'explique ni sur ses caractères, ni sur sa durée, et laisse ainsi un vaste champ aux interprétations que chacun cherche à expliquer dans le sens qui lui est favorable.

La constatation du domicile habituel de la mère au moment de la naissance d'un Enfant, n'est pas non plus chose facile pour l'Administration, qui peut rarement s'assurer de la durée de la résidence, et en fournir la preuve. Aussi, plusieurs de nos réclamations ont-elles échoué devant les simples déclarations des autorités locales, qui ont affirmé que les mères avaient quitté leur ancien domicile depuis plus d'un an , ou qu'elles y étaient entièrement inconnues.

Quelques Départements ont prétendu que , quelle que fût la durée du séjour de la mère à Paris , qu'elle y résidât depuis quelques mois ou depuis quelques semaines , elle avait sa résidence *ordinaire* et *habituelle* à Paris à l'époque de son accouchement , et que l'Enfant y avait , du fait de sa mère , acquis domicile de secours.

Plusieurs Départements ont invoqué la continuation du séjour de la mère à Paris après la naissance de l'Enfant , et ont prétendu que, par le fait de cette continuation de résidence , Paris était devenu son domicile habituel , et que l'origine de ce domicile devait remonter à un temps antérieur à la naissance de l'Enfant, et qu'en conséquence ce dernier avait , par cette circonstance, domicile de secours à Paris.

D'autres Départements ont prétendu que, si la mère n'avait pas acquis le domicile de secours au moment de la naissance de l'Enfant , elle l'acquerrait par la prolongation de son séjour ; et ils ont offert de payer les frais d'entretien de l'Enfant jusqu'à cette époque.

Quelques Départements ont fait valoir que la mère n'était pas rentrée dans son domicile habituel ; qu'ils ignoraient ce qu'elle était devenue , et que c'était à l'Administration à indiquer et à rechercher la résidence de la mère , et à prouver qu'elle n'habitait plus Paris.

D'autres Départements enfin n'ont point contesté le fait du domicile habituel de la mère dans leur Dé-

partement au moment de la naissance de l'Enfant,
mais ils ont refusé de s'en charger, tant que l'Administration n'aurait pas prouvé que la mère était décédée
ou disparue, laissant son Enfant sans ressource.

L'Administration a répondu en soutenant que le
fait de l'accouchement de la mère venue à Paris pour
y cacher sa grossesse ou pour y faire ses couches, ne
constituait pas son domicile habituel, ni, par conséquent, le domicile de secours de son Enfant; elle a
aussi invoqué les dispositions de la Loi de l'an II citée
plus haut, d'après lesquelles le domicile de secours,
ainsi fixé au moment de la naissance pour l'Enfant
abandonné, ne change plus jusqu'à sa majorité; mais
le mérite de ces observations a été contesté, et l'Administration ne peut espérer justice qu'en déférant à
l'autorité supérieure ces diverses contestations.

Nous devons vous dire cependant que plusieurs Départements se sont montrés moins difficiles, et n'ont
pas hésité à prendre les Enfants à leur charge et à
consentir à leur renvoi, lorsqu'il a été reconnu que la
mère avait son domicile habituel dans ces Départements au moment de la naissance de l'Enfant, quoiqu'elle eût depuis continué de séjourner à Paris, ou
que l'Administration n'eût pu indiquer sa demeure
actuelle.

Le plus souvent la question du domicile n'a été ni
discutée ni invoquée; les réclamations de l'Administration ont été repoussées par d'autres arguments,
puisés dans la Législation qui régit le service des Enfants-Trouvés.

Voici les considérations sur lesquelles s'appuient MM. les Préfets pour refuser de prendre à leur charge l'entretien de ces Enfants. Ils se fondent dans leur refus sur les dispositions formelles du Décret du 19 janvier 1811, qui vous sont bien connues, et qui n'autorisent l'admission des Enfants exposés et délaissés que dans le cas où les parents sont inconnus ou disparus, et quand ils sont détenus ou condamnés pour faits criminels ou de police correctionnelle.

Nous citerons principalement les observations présentées par M. le Préfet du Nord, avec plus de développement que ne l'ont fait ceux de ses collègues qui partagent son opinion, et s'appuient comme lui sur la Législation pour repousser les réclamations de l'Administration.

« Pour qu'un Enfant puisse être considéré comme « abandonné, dit M. le Préfet du Nord, il ne suffit « pas que sa mère déclare qu'elle l'abandonne, il « faut, d'après les dispositions du décret, que l'Aban-« don soit réel.

« Qu'une femme ou fille étrangère au département « de la Seine disparaisse inopinément, en laissant son « Enfant à Paris, certes, cet Enfant, si la mère ne « peut être retrouvée, doit être admis dans un hos-« pice comme Enfant abandonné, et renvoyé ensuite « dans le Département du lieu de son domicile ; c'est « à ce Département, sans contredit, que doivent in-« comber les dépenses de l'entretien dudit Enfant.

« Il en est de même lorsqu'un Enfant se trouve

« privé de l'assistance de ses parents, par l'effet de
« l'arrestation de ceux-ci.

« Mais si une fille accouche à Paris, et déclare ne
« vouloir pas conserver son Enfant ; si une femme se
« présente devant un Commissaire de police en de-
« mandant à être déchargée du soin de celui qu'elle a
« élevé jusque-là, ces faits ne rentrent plus dans la
« prévision de la Loi, et c'est mettre en oubli les dis-
« tinctions et les règles qu'elle a établies, que de
« classer ces Enfants parmi les Enfants abandonnés.
« De tels Enfants ne sont point en état d'abandon,
« puisque leurs mères sont présentes à Paris au mo-
« ment où leur admission est demandée. Ce sont, en
« réalité, des Enfants de familles indigentes, et on
« doit les laisser à leurs parents, sauf par ceux-ci,
« s'ils sont dans le besoin, à réclamer des secours
« près des Bureaux de Charité du lieu de leur domi-
« cile. Je puis d'autant moins prendre ces Enfants à
« la charge de mon département, qu'ils sont exclus
« des Etablissements hospitaliers par l'art. 1er du Dé-
« cret précité de 1811.

« Ces observations me paraissent suffire pour dé-
« montrer que les admissions dans ces sortes de cas
« sont contraires aux règles. »

M. le Préfet du Nord ajoute : « Je sais que des me-
« sures spéciales ont été prises à Paris, par rapport à
« cette partie du service public ; mais les dépenses qui
« résultent de l'exécution de ces dispositions excep-
« tionnelles doivent peser exclusivement sur le Dé-
« partement de la Seine, et ne sauraient être rejetées
« en partie sur les autres Départements.

« Tel Enfant, en effet, serait resté entre les mains
« de sa mère, sans la facilité que celle-ci a eue de
« s'en débarrasser; elle l'aurait conservé pendant son
« séjour à Paris, et après son retour dans son domi-
« cile; jamais il n'aurait été à la charge des Hospices,
« si son abandon n'avait été en quelque sorte provo-
« qué. Il ne serait pas juste que les dépenses d'un En-
« fant, indûment admis dans de semblables circon-
« stances, retombassent à la charge du Département
« du Nord.

« Si l'Administration des Hospices de Paris a jugé
« convenable d'admettre les Enfants dans ses établis-
« sements, nonobstant les dispositions formelles des
« Lois et Instructions sur la matière, le Département
« du Nord n'a pas à répondre de ce fait, et c'est à elle
« à supporter les conséquences de la mesure qu'elle a
« adoptée. »

M. le Préfet du Nord a donc ainsi rejeté et continue de rejeter par la même fin de non-recevoir les
réclamations des Hospices de Paris, en se fondant, non-
seulement sur la législation, mais encore sur ce que
M. le Ministre de l'Intérieur a, dans un cas semblable,
statué en faveur de son Département contre la réclamation de l'Administration, enfin sur ce que la solu-
tion intervenue doit servir de règle pour tous les
cas de même nature.

Voici, Messieurs, le fait sur lequel est intervenu la
décision du Ministre :

Le 2 janvier 1842, par ordre de M. le Préfet de Police, un Enfant, nommé Hævenæghel, a été placé dans
l'Hospice des Enfants-Trouvés de Paris, par suite de la

déclaration que sa mère avait faite à M. le Commissaire de police du quartier de l'Observatoire, que ses moyens d'existence étaient épuisés, et qu'elle était hors d'état de subvenir aux besoins de son Enfant.

Comme le nommé Hævenæghel était né au Quesnoy (Nord) le 12 septembre 1841, et que sa mère n'avait pas acquis le domicile de secours à Paris lors de l'abandon de son Enfant, M. le Préfet de la Seine a invité M. son collègue du Nord à lui faire connaître sur quel Hospice de son Département il désirait que l'Administration dirigeât cet Enfant, qui ne devait point rester à la charge des Hospices de Paris.

M. le Préfet du Nord n'a point adhéré à cette demande par le motif que l'Enfant en question ne pouvait être considéré comme un Enfant trouvé, ni comme un Enfant abandonné, ni comme un Orphelin, mais seulement comme un Enfant de famille indigente, et que dès lors il n'avait aucun titre pour être admis à l'Hospice des Enfants-Trouvés, sauf à la mère, en cas d'indigence, de réclamer les secours au Bureau de Charité de son arrondissement.

M. le Préfet de la Seine avait répondu à ces objections, en faisant observer que l'Enfant Hævenæghel, ayant son domicile de secours au Quesnoy lors de son placement dans l'Hospice des Enfants-Trouvés de Paris, c'était à l'Hospice du lieu de ce domicile de secours ou à la Commune elle-même à se charger des frais de l'entretien de cet Enfant.

Mais M. le Ministre de l'Intérieur, saisi par M. le Préfet du Nord de la question de savoir lequel du Département du Nord ou de celui de la Seine devait demeurer

chargé de l'entretien de l'Enfant dont il s'agit, a reconnu avec M. le Préfet de la Seine, que l'Enfant Hævenæghel avait son domicile de secours au Quesnoy,
du fait de sa naissance et conformément à la Loi du
24 vendémiaire an 2 ; mais le Ministre a déclaré qu'il
ne pouvait adopter les conséquences que M. le Préfet
de la Seine en tirait : que cet Enfant ne pouvait demeurer à la charge des Hospices de Paris.

« En effet, continuait le Ministre, ainsi que M. le Pré-
« fet du Nord le fait remarquer avec raison, le jeune
« Hævenæghel n'est ni un Enfant trouvé, ni un Orphe-
« lin, cela est hors de doute. On ne peut soutenir non
« plus que c'est un Enfant abandonné, parce que sa
« mère a déclaré qu'elle était hors d'état de continuer à
« demeurer chargée de son Enfant ; car le fait de l'aban-
« don ne saurait résulter d'une semblable déclaration.

« Le jeune Hævenæghel n'est donc et ne peut donc
« être qu'un Enfant de famille indigente, et comme tel
« il ne saurait retomber à la charge du Département
« du Nord. »

Le Ministre déclare en conséquence approuver le
refus de M. le Préfet du Nord au sujet de cet Enfant,
et déclare que c'est à M. le Préfet de la Seine à voir
si cet enfant, dont l'admission a été effectuée d'une
manière peu régulière, doit demeurer à la charge de
la charité publique, ou s'il doit être rendu à sa mère,
sauf à accorder à celle-ci les secours dont elle pourrait avoir besoin pour élever son enfant.

Cette décision, Messieurs, fondée sur les principes
de la législation, semblerait la condamnation du
mode d'admission qui a été adopté, et des règles tra-

7

cées par le Ministre dans les Instructions de 1823 et de 1840.

M. le Préfet de la Seine, en vous transmettant cette décision, vous a fait remarquer, Messieurs, ce qu'il y avait de grave pour les Hospices de Paris dans le principe posé par le Ministre. « Vous savez, disait M. le « Préfet, que de tous les points de la France, les fa- « milles pauvres se dirigent sur Paris, dans l'espérance « d'y trouver de l'ouvrage ou des secours abondants ; « vous n'ignorez pas non plus que beaucoup de filles « mères viennent à Paris cacher leur grossesse, y ac- « coucher et abandonner leurs Enfants aux soins de la « charité publique. »

« Si, d'une part, l'Administration des Hospices était « forcée de recevoir tous les Enfants étrangers, délais- « sés volontairement par leurs mères, et si, d'autre « part, elle ne pouvait se faire rembourser les frais de « leur entretien par les Départements auxquels ils « appartiennent, une partie des ressources des Hos- « pices serait nécessairement absorbée par les dépen- « ses des Enfants étrangers, au préjudice de ceux de « Paris. »

M. le Préfet de la Seine vous a donc invité à exa- miner les mesures qu'il convenait de prendre pour repousser une charge qui menaçait de devenir chaque année plus onéreuse.

Nous avons consacré toute la première partie de ce Rapport à examiner la législation en vigueur, ainsi que le mode de réception actuellement en usage, et nous avons été conduits, en présence de cette lé- gislation et malgré cette législation, à vous proposer de persévérer dans le mode d'admission que vous avez adopté par l'Arrêté de 1837, en apportant dans son exécution quelques modifications essentielles, qui auraient pour but de rendre les enquêtes plus sévères, les admissions plus rares et les secours plus efficaces.

Nous ne vous proposerons donc pas, Messieurs, de changer votre mode d'admission des Enfants, qui vous a paru le plus moral, le plus rationnel, et préférable sous tous les rapports à ceux qui ont été suivis ou proposés. Nous trouvons, au contraire, dans la question dont vous vous occupez en ce moment, de nouveaux motifs pour y persévérer, puisque c'est au moyen de l'enquête préalable, et par ce moyen seul, que vous pourrez arriver à découvrir les Enfants qui sont étrangers au Département de la Seine ; renoncer à cette enquête, ce serait renoncer au moyen le plus certain de rejeter sur les Départements la charge de l'entretien de ces Enfants.

Un second moyen pour découvrir les Enfants étrangers serait de rétablir, ainsi que nous vous l'avons proposé plus haut, sur les expositions au Tour, la surveillance qui a été exercée pendant quelques mois en 1837, et qui s'exerce actuellement à Lyon. Vous empêcheriez par ce moyen l'apport des Enfants des Départements limitrophes, comme cette surveillance empêche à Lyon l'apport des Enfants étrangers au Département du Rhône et même à la France.

Mais, dira-t-on, pourquoi n'apporterait-on pas des restrictions à l'admission des femmes enceintes dans la Maison d'Accouchement et dans les Hôpitaux, en décidant, soit qu'aucune femme étrangère à la ville de Paris ne sera reçue dans les Hôpitaux pour accoucher, sauf le cas d'urgence; soit qu'aucune femme enceinte ne devra être admise dans la Maison d'Accouchement que sur la présentation d'un Certificat d'indigence ou par ordre exprès du Préfet de Police, comme mesure de sûreté? D'abord, ces moyens rigoureux seraient une grave dérogation aux principes de cette large munificence avec laquelle la bienfaisance publique a été exercée de temps immémorial dans les Hôpitaux de Paris; ensuite l'adoption d'une semblable mesure ne réagirait-elle pas contre le but même que vous vous seriez proposé? En effet, les femmes que vous refuseriez iraient, sans aucun doute, se réfugier chez les Sages-Femmes; alors le secret de leur origine vous échapperait par les déclarations mensongères déjà si nombreuses, tandis que leur admission dans vos Établissements vous conduira à connaître le Département où elles avaient leur domicile habituel, et vous permettra d'adresser aux Préfets vos réclamations.

Nous ne croyons donc pas qu'il y ait lieu, Messieurs, ni qu'il soit possible d'interdire l'entrée de la Maison d'Accouchement ou des Hôpitaux de Paris aux femmes étrangères à la ville de Paris, qui trouveraient d'ailleurs mille moyens d'éluder cette mesure, ou attendraient sur le seuil de vos Établissements le moment d'accoucher.

Les mesures que nous croyons possible d'employer étant de nature à vous mettre à même de reconnaître les Enfants étrangers au Département de la Seine, quels moyens coërcitifs emploierez-vous pour forcer les mères à conserver leurs Enfants?

Refuserez-vous de les recevoir, ainsi que le voudrait le Décret de 1811, invoqué par MM. les Préfets, quand bien même il vous serait démontré que les mères sont dans l'impossibilité de les élever?

Prendrez-vous la responsabilité de toutes les conséquences funestes et déplorables qui pourraient résulter d'un semblable refus?

La conservation des Enfants n'exigera-t-elle pas que vous vous en chargiez, quand ce ne serait qu'à titre provisoire?

Accorderez-vous des secours aux mères pour les engager à conserver leurs Enfants?

Lorsque, pour sauver la vie des Enfants, vous les aurez recueillis ou que vous aurez secouru leurs mères, serez-vous victimes de votre humanité, où devrez-vous supporter l'entretien de ces Enfants, qui vous sont entièrement étrangers, ou les secours que vous aurez accordés?

Les Départements seront-ils fondés à vous répondre froidement que vous avez eu tort de les recevoir, de les secourir, que vous avez été trop faciles, que leur admission est irrégulière, et que vous devez en subir les conséquences?

Loin de vous savoir gré d'avoir, en les recevant, en les secourant, arraché les Enfants à la mort et leurs mères au désespoir, peut-être ces Départements vous blâmeront-ils encore d'avoir agi de cette manière!

Dans de semblables circonstances, la question

d'humanité nous paraît, Messieurs, devoir dominer toutes les autres ; M. le Préfet du Nord lui-même, qui invoque contre vous avec tant de persistance et de rigueur la législation ; M. le Préfet du Nord, qui attaque le mode d'admission usité à Paris comme illégal et irrégulier, a dû lui-même faire des concessions en faveur de la question de morale et d'humanité, en se réservant d'autoriser d'office l'admission des Enfants, soit lorsqu'ils appartiendraient à des filles vouées à la débauche, soit lorsque leurs mères se trouveraient dans un état de misère ou de maladie tel, qu'il y aurait, en les leur laissant, danger pour la vie des Enfants.

Voici, Messieurs, d'après un Arrêté du 7 décembre 1841, dont M. le Préfet du Nord a bien voulu nous adresser ampliation, quel est le système d'admission en usage dans le département du Nord.

Je vous demande la permission de vous donner lecture des dispositions de cet Arrêté, en raison des considérations sur lesquelles il est motivé, et qui sont en tout conformes aux principes que vous professez et que vous avez émis.

« Vu les Lois et Réglements relatifs au service des « Enfants trouvés ;

« Considérant que les Hospices d'Enfants-Trouvés « n'ont été primitivement, ainsi que leur nom même « l'indique, institués que pour y recueillir les Enfants « exposés sur la voie publique dont les parents de- « meurent inconnus ;

« Considérant que la morale publique et l'intérêt
« social commandent à l'Administration d'user des
« moyens propres à restreindre, autant que possible,
« le nombre des individus sans nom et sans famille
« qui, à leur sortie des Hospices, deviennent pour la
« société une charge et un danger ;

« Considérant qu'il est également du droit et du
« devoir de l'Administration, de ne point laisser sub-
« sister dans les Établissements qu'elle dirige un mode
« d'admission qui ne lui permet pas d'apprécier les
« circonstances, ni de fixer les conditions de cette
« admission ;

« Considérant que l'existence des Hospices est indé-
« pendante de celle des Tours ; que dans plusieurs
« Départements ce mode de réception des Enfants n'a
« jamais été établi ; que dans d'autres, il a été sup-
« primé ;

« Considérant que le mystère qui accompagne le
« dépôt d'un Enfant nouveau-né au Tour de l'Hospice
« est également funeste à la mère et à l'Enfant : à la
« mère, chez laquelle il provoque et favorise l'oubli
« des sentiments et des devoirs les plus naturels ; à
« l'Enfant, qu'il prive des droits civils que lui confé-
« rait sa naissance légitime ou naturelle ;

« Que, par là, l'existence des Tours est un encoura-
« gement déplorable au libertinage et à l'inconduite,
« en même temps qu'une infraction aux garanties
« que la Loi a créées pour établir et conserver, par
« des déclarations de naissance, l'état civil des En-
« fants.

« Considérant , d'ailleurs , que le Tour de Lille,
« situé à proximité de la frontière , facilite l'apport
« clandestin et frauduleux d'un grand nombre d'En-
« fants nés en Belgique, et qu'il importe, dans l'in-
« térêt de l'ordre et des mœurs publiques , de faire
« cesser les scandaleux trafics auxquels donnent nais-
« sance les dépôts journaliers d'Enfants français ou
« étrangers, lorsque ces dépôts s'effectuent sans con-
« trôle comme sans pudeur ;

« Arrêtons :

Art. 1. « Le Tour établi à l'Hospice Général de
« Lille sera fermé à partir du 1ᵉʳ janvier 1842.

Art. 2. « Cet Établissement continuera néanmoins
« à être chargé du service des Enfants qui y auront
« été admis jusqu'à cette époque, et à recueillir les
« Enfants trouvés et ceux que l'Administration ju-
« gera utile d'y admettre.

Art. 3. « En conséquence, les Enfants qui seront
« présentés dans l'intérieur de l'Hospice pourront y
« être reçus de six heures du matin à neuf heures du
« soir.

Art. 4. « Si l'Enfant a été exposé, il y aura lieu
« à l'application de l'Article 9 du Titre 3 de la Loi du
« 20 septembre 1792 , ou à l'application de l'Art. 58
« du Code civil.

« Ces déclarations, conformément à l'Art. 4 du
« Décret du 19 janvier 1811, seront inscrites sur un
« registre ouvert à l'Hospice, et à ce destiné.

Art. 5. « Dans tout autre cas, la personne qui ap-

« portera un Enfant à l'Hospice devra être munie de
« son acte de naissance ou d'un certificat propre à
« en tenir lieu, indiquant les nom , prénoms , âge,
« profession et domicile de la mère.

ART. 6. « Les Enfants ainsi déposés seront provisoi-
« rement reçus pour être placés en nourrice ou en
« pension ; mais leur admission définitive à l'Hospice
« n'aura lieu que sur notre autorisation spéciale.

ART. 7. « L'Inspecteur des Enfants-Trouvés, ou tout
« autre préposé désigné par l'Administration des Hos-
« pices , sera chargé de la réception des Enfants. Cet
« Agent tiendra pour chaque dépôt un procès-verbal
« qui nous sera transmis dans les 24 heures , avec
« les pièces indiquées dans les Articles 4 et 5.

ART. 8. « Des renseignements seront , d'après nos
« ordres, pris avec prudence et discrétion dans le but
« de connaître la position des mères. Il sera ensuite
« statué par nous sur la question de savoir si les En-
« fants seront conservés à l'Hospice ou rendus à leurs
« auteurs.

ART. 9. « Des secours pourront être accordés sur
« les fonds départementaux aux mères auxquelles
« l'Administration aurait fait remettre leurs Enfants.

ART. 10. « M. le Maire de Lille et la Commission
« administrative des Hospices de Lille sont chargés,
« chacun en ce qui le concerne, de l'exécution du
« présent arrêté. »

« Fait à Lille, le 7 décembre 1841.

Signé SAINT-AIGNAN. »

En transmettant à M. le Préfet de la Seine ampliation de cet arrêté, M. le Préfet du Nord a fait remarquer que cet acte permettait l'admission des Enfants à bureau ouvert, que des dépôts avaient été effectués sous cette forme dans les commencements; mais, comme par suite des recherches qui avaient été faites, les Enfants présentés et admis avaient été presque tous rendus à leurs familles, en même temps que des secours avaient été accordés à celles-ci, les dépôts avaient complétement cessé deux ou trois mois après l'application de la mesure : de sorte que maintenant les Hospices ne recevaient plus que les Enfants exposés sur la voie publique, et ceux dont l'admission était autorisée d'office par lui, soit parce qu'ils appartenaient à des filles vouées à la débauche, soit parce que leurs mères se trouvaient dans un état de misère ou de maladie tel, qu'il y aurait eu, en les leur laissant, danger pour la vie de ces jeunes êtres ; que dans ce dernier cas toutefois, l'admission n'était que provisoire, et que les Enfants étaient rendus lorsque la position de la mère s'était améliorée.

Vous le voyez, Messieurs, M. le Préfet du Nord a dû modifier dans l'exécution la rigueur des principes qu'il invoque contre vous ; à l'exception de la fermeture du Tour, que M. le Préfet du Nord a ordonnée, malgré la législation sur laquelle il s'appuie, les mesures que ce Magistrat a adoptées reposent sur les mêmes principes que les vôtres. Il n'existe point entre elles de différence, si ce n'est que dans le Département du Nord, l'Enquête n'a lieu qu'après l'abandon, ou pour mieux dire, après la réception provisoire ; tandis que, d'après vos mesures, l'enquête doit précéder l'abandon, sauf à la continuer ensuite pour la compléter, si cela est reconnu nécessaire.

Si vous reconnaissez dans certains cas la nécessité de l'admission des Enfants étrangers, vous jugerez sans doute à propos de ne les recevoir qu'à titre provisoire, et de ne point les comprendre au nombre des Enfants à la charge du Département de la Seine. Toutefois pour que ces admissions soient régulières, et ne puissent ensuite vous être opposées, il serait nécessaire que l'autorité supérieure en fît une règle générale et réciproque, et même quelle fût sanctionnée par une législation nouvelle.

Il serait nécessaire que l'entretien de ces Enfants fût imputé de droit sur un fonds commun.

Nous vous proposons aussi de demander à l'autorité supérieure que le domicile de secours de l'Enfant, qui est celui du domicile habituel de la mère au moment de la naissance, soit défini d'une manière plus précise et plus claire.

Nous vous proposons de demander que des règles générales et uniformes soient établies pour fixer les points en litige, et surtout pour éviter ces récriminations, ces discussions, ces réclamations entre Départements, indignes d'une époque civilisée comme la nôtre, et dont les Enfants peuvent devenir les victimes.

Nous vous proposons surtout de demander qu'il soit porté remède aux contradictions qui règnent entre la Législation et les Instructions ministérielles, et qu'il soit mis un terme à l'anarchie qui règne dans le service des Enfants-Trouvés, à l'égard duquel chaque Département adopte la Législation qui lui plaît, ou s'en crée une à sa volonté, avec ou sans l'autorisation du Ministre, qui tolère, sans doute dans l'intention de s'éclairer, « cette confusion d'idées, ce pêle-mêle de « principes, véritable chaos d'opinions et de mesures « contradictoires (1). »

Nous voici enfin arrivés, Messieurs, au terme de notre travail, dont l'importance vous fera excuser la longueur ; nous croyons devoir vous en présenter ici le résumé :

RÉSUMÉ GÉNÉRAL.

Nous avons, en commençant, placé sous vos yeux le tableau de la situation des Expositions et des Abandons d'Enfants, pendant les sept dernières années qui présentent une recrudescence notable.

Nous vous avons ensuite rendu compte de l'origine des admissions, et vous avez reconnu que la recrudescence dans le nombre des Enfants exposés et délaissés provenait des expositions au Tour, des femmes accouchées dans les Hôpitaux, des Enfants déposés provisoirement à l'Hospice des Enfants-Trouvés, enfin des Enfants étrangers au Département de la Seine, nés à la Maison d'Accouchement.

Le mode de réception actuellement en usage ayant été attaqué par plusieurs préfets comme illégal et irrégulier, nous avons dû examiner la législation en vigueur, ainsi que les Réglements et Instructions ministérielles qui régissent la matière.

(1) M. Remacle.

Nous vous avons présenté l'analyse de la Législation; vous avez pu remarquer qu'elle n'autorise l'admission des Enfants exposés ou délaissés que lorsque les parents sont inconnus, et qu'on ne peut recourir à eux ; mais que le Décret de 1811, en sanctionnant l'existence du Tour, avait ouvert légalement un mode facile pour les expositions.

Vous aurez aussi remarqué, Messieurs, que les Instructions ministérielles, quoique remplies de plaintes contre la facilité des admissions, autorisaient, contrairement à l'esprit et à la lettre de la législation, non-seulement la réception des Enfants nés dans les Hospices, de femmes admises à y faire leurs couches, mais encore l'apport direct des Enfants par les Sages-Femmes ou les accoucheurs, ainsi que l'admission des Enfants délaissés par suite de la détention ou de la condamnation de leurs parents.

Nous avons opposé aux dispositions législatives et réglementaires, qui non-seulement tolèrent, mais autorisent l'abandon des Enfants, la législation que nous avons appelée conservatrice et répressive, c'est-à-dire celle qui, en établissant des règles pour garantir et conserver aux Enfants leur état civil et les droits qu'ils tiennent de leur naissance, prononcent des peines contre ceux qui ne les ont pas observées, contre ceux qui délaissent et abandonnent les Enfants, enfin contre ceux qui leur servent d'intermédiaires et deviennent leurs complices.

En suivant l'ordre chronologique, nous sommes arrivés à l'arrêté pris par vous en 1837, qui, basé sur les principes du Décret de 1811, n'autorise la réception des Enfants que dans les cas, sous les conditions et dans les formes prévues par ce Décret.

Nous vous avons fait remarquer à ce sujet que, malgré les dispositions sévères, qui prohibaient l'admission des Enfants délaissés par des parents qui étaient connus, on avait donné aux dispositions de cet arrêté, une interprétation qui avait changé toute l'économie du système, en adoptant un mode de réception précédée d'une enquête et d'une déclaration devant un Commissaire de police. Nous avons ensuite examiné les mesures prises en 1837.

Nous avons rappelé que ces mesures se réduisaient à trois moyens principaux :

1° Allaitement des Enfants par leurs Mères, et obligation de les emporter à leur sortie ;

2° Enquête avant l'abandon ;

3° Secours aux Mères qui conserveraient leurs Enfants.

Nous vous avons proposé de persévérer dans la mesure qui oblige les Mères à allaiter leurs Enfants, et d'en recommander de nouveau l'observation toutes les fois que cela sera reconnu possible.

Passant à la question de l'enquête, nous avons rappelé le principe du droit civil et naturel, qui veut que toute Mère légitime ou illégitime élève son Enfant, en faisant observer que cette obligation ne cessait ou ne devait cesser qu'avec la possibilité de la remplir, et qu'une enquête pouvait seule éclairer l'Administration sur cette impossibilité et la mettre à même de l'apprécier.

Nous en avons conclu que l'enquête était sage et rationnelle ; qu'elle était morale, qu'elle était nécessaire, qu'elle était dans le droit, nous avons même dit dans les devoirs de l'Administration.

Nous avons fait valoir les considérations qui vous avaient fait préférer l'enquête avant l'abandon, regardée par M. de Lamartine comme offrant plus de moralité et de garantie que la réception par les Tours.

Nous avons aussi comparé les deux systèmes d'admission proposés par MM. Terme et Remacle, et nous en avons conclu que celui de l'Administration était préférable, puisqu'il prévenait les Abandons au lieu de les laisser consommer, pour les réprimer ensuite.

Tout en donnant la préférence au système de l'Administration, système exempt de contrainte, agissant par les voies de la douceur et de la persuasion, rendues plus efficaces au moyen d'encouragements et de secours, nous avons cru devoir vous en signaler les imperfections ou plutôt celles de son exécution : ainsi nous voudrions que les Commissaires de police, s'ils devaient continuer à recevoir les déclarations d'abandons, prissent plus de précautions pour s'assurer de la véracité des déclarations qui leur sont faites, surtout par les Sages-Femmes.

Nous voudrions que la vérification de ces déclarations fût immédiate, et que l'Administration, qui n'a pas voulu abdiquer son action, et s'est réservé de revenir sur les Abandons, s'il y avait motif pour les faire cesser, pût exercer ce droit en temps utile, c'est-à-dire avant l'envoi de l'Enfant à la campagne, et avant qu'on n'eût perdu les traces de la Mère.

Nous voudrions que le procès-verbal du Commissaire de police accompagnât l'Enfant, ainsi que l'exige votre Arrêté de 1837.

Nous voudrions enfin que l'Administration intervînt efficacement avant l'Abandon, pour le prévenir par tous les moyens en son pouvoir.

Nous avons ensuite examiné le mode d'exposition au Tour, et, n'osant pas vous en demander la suppression, nous vous avons proposé de rétablir les mesures de surveillance dont il a été l'objet, comme le seul moyen de découvrir la famille de l'Enfant abandonné et de l'y faire rentrer ; de prévenir l'apport des Enfants étrangers au Département de la Seine, et d'exercer votre contrôle sur tous les genres d'Abandon.

Le maintien de l'enquête, avant comme après l'Abandon, le rétablissement de la surveillance sur les expositions au Tour, mesures qui doivent tendre à conserver le plus grand nombre possible d'Enfants dans leurs familles, nous ont conduit à vous proposer de maintenir la disposition de votre Arrêté de 1837, qui accorde des encouragements et des secours aux Mères qui consentent à conserver leurs Enfants.

Nons avons dû vous faire connaître, à cette occasion, que les demandes de secours avaient été accueillies généralement avec trop de facilité ; que les secours délivrés aux femmes accouchées étaient aussi sortis de leur spécialité ; qu'en se multipliant ils avaient perdu de leur importance, et que leur influence sur les Abandons n'avait pas été aussi féconde que vous l'espériez.

Nous demanderions donc une vérification plus exacte, plus intime, plus approfondie, une appréciation plus scrupuleuse et mieux raisonnée des besoins et de la position des personnes à secourir, et du but que l'on doit se proposer en accordant les secours.

Nous demanderions, pour prévenir efficacement l'Abandon, que les secours fussent répétés à différentes époques, et même prolongés pendant plusieurs années, si cela était nécessaire.

Nous avons cité à ce sujet ce qui se pratique dans le Département de la Nièvre et dans plusieurs autres Départements, qui se félicitent d'être entrés dans cette voie qui les a conduit à réduire les Abandons et les dépenses dans une proportion considérable.

Nous vous avons aussi exposé que s'il était facile, s'il était possible d'obtenir dans les provinces que les mères conservassent leurs Enfants pour les élever, cela était plus difficile, pour ne pas dire impossible, à Paris ; que les Asiles n'étaient pas assez nombreux, qu'ils ouvraient trop tard et fermaient trop tôt, et qu'ils ne pouvaient être utiles qu'aux mères qui avaient un domicile pour recevoir leurs Enfants. Nous avons

8

indiqué qu'il serait à désirer que l'Administration pût organiser, par l'intermédiaire de la Direction des Nourrices, un service de placement des Enfants en sevrage à la campagne moyennant rétribution, pour les parents qui ne pourraient conserver leurs Enfants auprès d'eux, et que nous regardions ce projet comme d'une facile exécution.

Nous vous avons ensuite rendu compte du résultat des placements en nourrice, par l'intermédiaire de la Direction, des Enfants des mères secourues, mesure à continuer, mais avec quelques restrictions.

Enfin nous avons terminé cette première partie de notre Rapport par l'examen des Dispositions des Instructions ministérielles relatives aux recherches que doivent faire les Administrations hospitalières, pour retrouver les familles, et remettre les Enfants à leurs parents.

Nous vous avons proposé de diminuer la quotité du droit payé pour avoir des nouvelles d'un Enfant; de ne point troubler le repos des familles et des ménages par des recherches imprudentes, mais d'attendre le moment où la mère viendra demander des nouvelles de son Enfant, et de le mettre à profit pour chercher à rendre l'Enfant à sa famille.

Passant ensuite à l'examen des moyens à employer pour prévenir l'apport à Paris des Enfants étrangers au Département de la Seine, nous vous avons dit qu'en exigeant pour la réception des Enfants un procès-verbal du Commissaire de police, vous aviez fait cesser l'apport direct, périodique et ostensible des Enfants appartenant aux Départements voisins ; mais que le Tour étant resté ouvert et sans surveillance, les Départements limitrophes avaient toute facilité pour exposer clandestinement les Enfants ; et nous avons trouvé, dans cette circonstance, un nouveau motif pour vous proposer de faire surveiller les expositions au Tour.

Nous vous avons ensuite signalé le nombre considérable de femmes qui viennent à Paris pour y cacher leur grossesse et pour y faire leurs couches.

Nous vous avons fait connaître que des réclamations nombreuses, concernant des Enfants dont les parents habitaient Paris depuis moins d'un an, avaient été adressées par l'entremise de M. le Préfet de la Seine à ses collègues des Départements auxquels les Enfants appartenaient.

Que la majeure partie des Départements avaient accueilli vos réclamations, mais qu'il en était plusieurs qui avaient refusé de prendre ces Enfants à leur charge.

Vous aurez remarqué que les principales objections portaient sur la question du domicile habituel de la mère au moment de la naissance de l'Enfant, domicile dont l'Administration pouvait difficilement administrer la preuve ; mais surtout sur ce que la Loi du 15 octobre 1793, qui ne s'est point expliquée sur le caractère ni sur la durée du domicile habituel, laissait ainsi un vaste champ aux interprétations que chaque Département cherchait à en faire dans le sens qui lui était favorable.

Nous avons insisté sur ce que le législateur, en ne

considérant comme le lieu de la naissance des Enfants que celui du domicile habituel de la mère au moment de sa naissance, n'avait pu vouloir que le fait de l'accouchement de la mère, dans une localité à laquelle elle était étrangère, pût devenir, pour cette localité, le principe d'une obligation d'autant plus onéreuse, que, pour les Enfants trouvés, le domicile de secours ainsi fixé au moment de leur naissance, ne change plus avant 21 ans.

Nous vous avons ensuite fait connaître que les réclamations de l'Administration avaient été repoussées le plus souvent par des arguments puisés dans la législation qui régit le service des Enfants-Trouvés.

Vous aurez remarqué que MM. les Préfets de plusieurs départements se fondaient dans leur refus, sur les dispositions du Décret du 19 janvier 1811, qui n'autorisent l'admission des Enfants que dans le cas où les parents sont inconnus, disparus ou détenus.

Nous avons reproduit à cette occasion les observations de M. le Préfet du Nord, dont les opinions sont partagées par plusieurs de ses Collègues, qui repoussent les réclamations de l'Administration par la même fin de non-recevoir; nous avons aussi reproduit une lettre par laquelle le Ministre de l'Intérieur, en approuvant les motifs pour lesquels M. le Préfet du Nord a refusé de consentir au renvoi d'un Enfant dans son Département, déclare que cet Enfant admis d'une manière peu régulière doit demeurer à la charge des Hospices de Paris.

Nous vous avons fait remarquer que cette décision,

fondée sur la législation, semblait la condamnation du mode d'admission qui avait été adopté, et des règles tracées par le Ministre lui-même dans les Instructions de 1823 et de 1840.

Nous vous avons rappelé, qu'en présence de cette législation et malgré cette législation, nous venions vous proposer de persévérer, mais avec d'importantes restrictions, dans le mode d'admission que vous aviez suivi, et que nous trouvions, dans les questions qui nous occupaient, de nouveaux motifs pour y persévérer, puisque l'enquête préalable pouvait seule vous fournir les moyens de découvrir les Enfants qui ne vous appartiennent pas.

Nous avons été conduits par les mêmes considérations à vous proposer de nouveau de rétablir la surveillance sur les expositions au Tour.

Nous avons ensuite examiné la question de savoir si vous apporteriez des restrictions à l'admission des femmes enceintes dans la Maison d'Accouchement et dans les Hôpitaux; mais nous avons vu dans ces moyens rigoureux une grave dérogation aux principes de large munificence avec lesquels la bienfaisance publique a été exercée de temps immémorial à Paris, et nous avons pensé que l'adoption de semblables mesures pourrait réagir contre le but même que vous vous seriez proposé.

Nous avons pensé que dans des questions semblables, dans des circonstances de cette nature, la question d'humanité devait dominer toutes les autres.

Nous avons mis ensuite sous vos yeux des documents qui établissaient que M. le Préfet du Nord, qui invoquait contre vous la rigueur de la législation, avait dû faire lui-même des concessions en faveur de la question de morale et d'humanité, et avait adopté dans son département un mode d'admission basé sur les mêmes principes que ceux que vous professez.

Nous avons donc conclu à ce que, si vous reconnaissiez dans certains cas la nécessité de recevoir des Enfants étrangers, ces Enfants fussent reçus à titre provisoire, avec remboursement des frais d'entretien sur un fonds commun.

Nous vous avons proposé de demander que, pour rendre ces admissions régulières et qu'elles ne pussent ensuite vous être opposées, l'autorité supérieure en fît une règle générale et réciproque, et même qu'elles fussent sanctionnées par une législation nouvelle.

Nous vous avons aussi proposé, Messieurs, de demander à l'autorité supérieure que la question du domicile habituel fût définie d'une manière plus précise et plus claire; que des règles générales et uniformes fussent établies pour fixer les points en litige, et surtout, pour éviter les discussions et les réclamations dont les Enfants peuvent avoir à souffrir.

Enfin, nous vous avons proposé de demander qu'il fût porté remède à l'anarchie qui règne dans le service des Enfants-Trouvés, à l'égard duquel chaque Département adopte la législation qui lui plaît, ou s'en crée une à sa volonté.

Telles sont, Messieurs, les diverses résolutions que nous avons l'honneur de soumettre à vos méditations.

Les questions que nous avions à examiner étaient graves, importantes, difficiles; nous n'avons pas la prétention de les avoir toutes éclairées; nous désirons avoir réussi à recueillir et à préparer les moyens qui pourront vous conduire à les résoudre.

Le Membre de la Commission administrative
chargé du service des Enfants-Trouvés et Orphelins,

BOICERVOISE.

Paris, le 15 mars 1845.

RAPPORT

FAIT

AU NOM DE LA COMMISSION

CHARGÉE DE L'EXAMEN

DES

QUESTIONS RELATIVES AUX ENFANTS TROUVÉS.

———◆◆◆———

MESSIEURS ,

La mission de ceux de vos Membres que vous aviez chargés de l'examen des questions relatives aux Enfants trouvés, soulevées par M. le Ministre de l'Intérieur , a été facilitée par le Rapport préliminaire du Membre de la Commission administrative , chargé du service des Enfants-Trouvés , dans lequel se trouvent traitées, avec quelques développements, les ques-

———

Membres de la Commission : MM. Baron DELESSERT, Comte LE PELETIER D'AUNAY, PÉRIGNON et HALPHEN, *Membres du Conseil,* assistés de M. BOICERVOISE, *Membre de la Commission administrative.*

tions graves , importantes et difficiles que vous allez avoir à résoudre.

Votre Commission a consacré de longues et de nombreuses séances à l'examen et à la discussion des résolutions qui lui étaient proposées ; elle s'est adjoint celui de vos Membres chargé de la haute surveillance de la Maison d'Accouchement ; elle a entendu le Directeur de cet Etablissement ; elle a appelé dans son sein M. de Watteville , Inspecteur général des Établissements de Bienfaisance , qui a été envoyé en mission à Lyon , l'année dernière , pour s'occuper des mêmes questions ; enfin elle a demandé une conférence à M. le Préfet de Police , pour entendre ses observations sur les résolutions qu'elle avait adoptées , pour s'éclairer de ses lumières et de sa haute expérience , enfin pour réclamer son puissant concours.

Votre Commission vient aujourd'hui , Messieurs , vous rendre compte sommairement du résultat de ses travaux , et soumettre à vos méditations et à votre adoption les mesures auxquelles elle s'est arrêtée.

Les questions dont vous avez renvoyé l'examen à votre Commission avaient pour objet :

1° La situation actuelle des Abandons , les causes de la recrudescence du nombre des Enfants abandonnés , et les moyens d'y remédier ;

2° Les formalités exigées pour la réception des Enfants ;

3° Les expositions au Tour ;

4° Les Enfants étrangers au Département de la Seine.

Les documents stastistiques placés sous les yeux de votre Commission et qui sont ci-annexés, l'ont mise à même de reconnaître et de constater que la recrudescence remarquée dans le nombre des Enfants exposés et délaissés provenait :

1° De la trop grande facilité avec laquelle se font les expositions au Tour ;

2° D'un plus grand nombre de Femmes accouchées dans les Hôpitaux ;

3° D'un plus grand nombre d'Enfants abandonnés, après avoir été déposés provisoirement à l'Hospice des Enfants-Trouvés;

4° Des formalités trop peu rigoureuses pour les Enfants abandonnés devant les Commissaires de police ;

5° Du nombre des Enfants étrangers au Département de la Seine, nés à la Maison d'Accouchement.

Ces différentes natures d'admission ayant eu lieu, en vertu du mode de réception actuellement en usage, mode de réception attaqué comme illégal par plusieurs de MM. les Préfets, et déclaré irrégulier par le Ministre, votre Commission a dû, préalablement à toute autre question, examiner la législation en vigueur, dans le cercle de laquelle l'Administration doit légalement se mouvoir et se renfermer aujourd'hui.

Votre Commission a reconnu que le Décret de 1811,

conforme à la législation qui l'a précédé, a défini dans quels cas et sous quelles conditions les Enfants trouvés, abandonnés ou Orphelins doivent être reçus dans les Hospices ; et que ce Décret exige, comme condition expresse de l'admission des Enfants, que les parents soient inconnus ou décédés; disparus, détenus ou condamnés.

Elle a été forcée de reconnaître qu'un sentiment de charité, peu réfléchi peut-être, avait laissé détendre successivement les ressorts des règles tracées par votre arrêté du 25 janvier 1837 pour la réception des Enfants, et qu'y substituant les dispositions d'une instruction ministérielle du 8 février 1823, on avait consenti à admettre sur une simple déclaration faite devant un Commissaire de Police, des Enfants dont les parents étaient connus, ce qui est en opposition formelle avec les dispositions du décret de 1811.

Votre Commission a été conduite à conclure que l'Administration devait rentrer dans l'exécution rigoureuse des dispositions législatives et réglementaires, comme le seul moyen de réduire le nombre des Abandons qui tend à s'accroître. Elle a pensé que l'observation de ces règles devenait d'autant plus nécessaire que plusieurs de MM. les Préfets refusent de reconnaître et de prendre à la charge de leurs Départements les Enfants admis par l'Administration et qui sont reconnus leur appartenir, en motivant leur refus sur la facilité offerte aux Abandons par le mode illégal de réception en usage à Paris; mode de réception que le Ministre lui-même a déclaré irrégulier, quoiqu'il eût paru conforme à ses Instructions.

Votre Commission vous propose donc de déclarer, comme vous l'avez fait en 1837, qu'aucun Enfant ne sera admis à l'Hospice des Enfants-Trouvés que dans les cas et sous les conditions prévus par le Décret du 19 janvier 1811, mais d'en exiger la scrupuleuse observation.

Le Décret de 1811 autorise, il est vrai, les expositions au Tour, dont l'existence a offert jusqu'ici les moyens de se soustraire aux déclarations devant les Commissaires de police, et a contribué en majeure partie à l'augmentation signalée dans le nombre des Enfants abandonnés.

Votre Commission a été unanime pour reconnaître les graves inconvénients des Tours ; il est prouvé que la conservation ou la fermeture, l'augmentation ou la diminution des Tours, dans les Départements où elles ont eu lieu, n'ont exercé aucune influence sur les infanticides, tandis qu'ils donnent, au contraire, naissance à des crimes d'une autre nature.

Le Tour autorise l'abandon des Enfants sans examen ni contrôle.

Au moyen du Tour, les parents sont les arbitres de la destinée de leurs Enfants, ils peuvent les priver de leur état civil, et des aliments que la loi a voulu leur assurer.

Le Tour facilite les suppressions d'état, en offrant les moyens de se soustraire aux dispositions de la loi, qui exige la déclaration des naissances à l'État civil, et qui punit le défaut de déclaration.

Il favorise enfin l'abandon des Enfants étrangers au Département de la Seine, et même à la France.

Il est donc vrai de dire que les Tours sont à la fois une atteinte à la loi naturelle, à la morale publique, et un appât offert à toutes les mauvaises passions.

En présence de ces graves inconvénients, qui ne sont balancés par aucun avantage, votre Commission vous aurait à l'unanimité proposé la fermeture du Tour, mesure dans laquelle elle n'apercevait aucun danger, si elle n'avait respecté les craintes et les scrupules (qu'elle persiste à croire exagérés et mal fondés) que cette mesure ne manquerait pas de soulever ; elle espère que vous remédierez aux déplorables résultats qu'entraîne l'existence du Tour, en exerçant, à l'instar de ce qui se pratique à Lyon sur les expositions au Tour, la surveillance dont elles ont été l'objet pendant quelques mois en 1837, de la part de M. le Préfet de Police, et qu'elle vous propose de rétablir avec l'assentiment de ce Magistrat, et sur la demande formelle du Ministre.

Votre Commission n'a pas été moins étonnée que vous ne le serez, Messieurs, en apprenant que les deux tiers des Enfants abandonnés par leurs mères, à la Maison d'Accouchement (800 sur 1,200), en 1844, appartenaient à des femmes venues des Départements à Paris pour y faire leurs couches, et qui n'y avaient pas acquis domicile de secours.

Votre Commission a pensé que, pour éloigner ces femmes et éviter l'abandon des Enfants qui retombent en grande partie à la charge du Département de la

Seine, il convenait d'apporter des restrictions aux conditions actuelles d'admission à la Maison d'Accouchement, et à la Clinique.

Elle n'a pas partagé l'avis du Membre du Conseil et du Membre de la Commission administrative, tous deux chargés de la Maison d'Accouchement, qui demandaient que rien ne fût changé au mode actuel d'admission, pensant que les mesures que l'on adopterait réagiraient contre le but même que l'on voudrait atteindre, puisque les femmes étrangères, connues aujourd'hui, échapperaient aux recherches, par des déclarations mensongères.

Votre Commission a considéré que la Maison d'Accouchement n'était point un Établissement national, ni un refuge mystérieux, destiné à voiler toutes les faiblesses ou les turpitudes de la débauche; mais qu'elle était un Asile de secours pour l'indigence, asile essentiellement communal; que l'Administration avait le droit et le devoir d'imposer des restrictions au mode actuel d'admission, et de réserver aux habitants de Paris la faveur d'être reçus, avant terme, à la Maison d'Accouchement et à l'Hôpital des Cliniques; que ces deux Établissements restant ouverts, ainsi que tous les Hôpitaux, pour recevoir les femmes en péril imminent d'accoucher, à l'instar de tous les autres malades, sans distinction d'origine, ni conditions de résidence, l'Administration pourvoyait ainsi avec une large munificence à tous les maux qui avaient besoin d'un soulagement immédiat.

Votre Commission a été d'avis qu'il convenait

d'exiger que les femmes enceintes qui se présenteraient avant terme à la Maison d'Accouchement ou à la Clinique, ne fussent reçues qu'autant qu'elles seraient dans le neuvième mois de leur grossesse (elles sont reçues aujourd'hui dans le huitième mois), et qu'elles justifieraient d'un an au moins de résidence à Paris, et de l'impossibilité où elles se trouveraient de faire leurs couches dans leur domicile ou en ville ; l'Administration se réservant de faire vérifier l'exactitude de ces déclarations par une enquête à domicile.

En vain celui de vos Membres chargé de la haute surveillance de la Maison d'Accouchement, a-t-il fait observer que le séjour de la Maison d'Accouchement était favorable aux femmes enceintes dont les couches étaient plus heureuses, et suivi moins fréquemment d'accidents, lorsque ces femmes avaient pu réparer leurs forces, et se reposer de leurs fatigues avant leur accouchement ; votre Commission, d'après les renseignements fournis par les divers Établissements, a persisté dans la mesure qu'elle vous propose, comme le seul moyen d'empêcher les filles mères de la province de venir à Paris exprès pour y accoucher, et pour abandonner leurs Enfants.

Quant au secret réclamé en faveur des femmes admises à faire leurs couches, il sera gardé par l'Administration, qui maintiendra la mesure qui interdit l'entrée des salles aux personnes du dehors. Mais avec les nouvelles conditions préalables d'admission, les personnes qui voudraient conserver leur secret, et répugneraient à le dévoiler à l'Administration, iront le confier en d'autres mains.

Après avoir ainsi établi des règles sévères pour la réception des Enfants et des femmes enceintes, votre Commission vous propose de continuer à imposer aux femmes qui accoucheront dans les Établissements de l'Administration l'obligation de nourrir, pendant quelques jours, et d'emporter à leur sortie, l'Enfant dont elles seront accouchées, à moins d'impossibilité régulièrement constatée. Cette disposition est de droit naturel, car il importe de le redire et de le proclamer, la Maison d'Accouchement n'est pas un refuge ouvert au vice et à la débauche, mais un hospice destiné à secourir, à soulager la maternité indigente.

Toutes les mesures proposées ayant pour but de conserver le plus grand nombre d'Enfants possible entre les mains de leurs Mères, votre Commission s'est trouvée conduite à vous proposer, par une conséquence naturelle, de maintenir la disposition de votre Arrêté de 1857, qui accordait des secours aux femmes accouchées; mais en entourant cette distribution de formalités qui puissent en prévenir les abus et en assurer l'efficacité. Elle a considéré qu'un secours une fois donné, pourrait être insuffisant, qu'il pourrait être utile dans certaines circonstances de le répéter à diverses époques de la nourriture, et même de le renouveler ou de le prolonger dans des cas extraordinaires.

La Commission a pensé que ces secours ne devraient pas être restreints aux mères légitimes, mais s'appliquer également à toutes les mères pauvres qui consentiraient à allaiter ou à élever leurs Enfants. Réveiller dans les malheureuses victimes de la séduction le sentiment de la maternité, a paru un puissant moyen de moralisation, une sauve-garde contre les faiblesses à venir.

Plusieurs Départements ont déjà adopté cette mesure, et en éprouvent d'heureux effets sous les deux points de vue de morale et d'économie.

Votre Commission a reconnu qu'un moyen de prévenir les Abandons serait d'offrir aux mères obligées de travailler en ville, la facilité d'élever leurs Enfants, en multipliant les Crèches, les Asiles gratuits ou non gratuits, et en essayant pour celles qui, n'ayant pas de domicile, ne savent que faire de leurs Enfants après la nourriture, un placement en sevrage à des prix modérés, soit dans les environs de Paris, soit dans les départements. Elle n'a pu vous proposer à cet égard que d'émettre un vœu qui sera accueilli sans doute par l'autorité supérieure et la charité privée.

Enfin, guidée toujours par la même pensée et le même esprit vers le même but : la conservation des Enfants dans la famille, votre Commission a considéré que la somme exigée des parents pour les frais de recherche des Enfants, et pour en avoir des nouvelles, était trop élevée ; qu'une somme moindre rendrait plus fréquentes les relations des parents avec les Enfants, et les réclamations plus nombreuses ; elle vous propose en conséquence de réduire le droit de recherche à 5 francs au lieu de 30, taux auquel il s'élève aujourd'hui.

Telles sont, Messieurs, les mesures que votre Commission croit propres à diminuer, dans une proportion considérable, le nombre des Enfants abandonnés. Leur exécution rigoureuse présentera, nous n'en doutons pas, quelques difficultés : Paris se trouve placé dans des conditions particulières, surtout aujourd'hui où les nombreuses lignes de chemins de fer qui y aboutissent y feront affluer, avec autant de facilité que de rapidité, les filles - mères qui croiront pouvoir cacher leur honte au milieu d'une population à laquelle elles seront inconnues, et les Enfants nouveau-nés dont les parents dénaturés voudront se débarrasser. Mais, avec de la persévérance et de la prudence, nous devrons arriver aux résultats obtenus par les Départements.

Il n'a pas échappé à votre Commission qu'une des causes incessantes de l'accroissement du nombre des Enfants trouvés résultait de l'interprétation, équivoque et parfois capricieuse, donnée par MM. les Préfets des Départements à la Législation qui définit le domicile de secours, interprétation au moyen de laquelle MM. les Préfets se refusent à reconnaître et à reprendre à leur charge les Enfants dont les mères sont venues accoucher à Paris.

Il importe de faire cesser une équivoque qui porte un si grand préjudice à l'Administration des Hospices de Paris. Aussi votre Commission vous propose-t-elle, en terminant, de solliciter de M. le Ministre, comme complément des mesures à adopter, qu'il veuille bien, soit par ordonnance, soit par un acte législatif, s'il y a lieu,

1° Fixer le sens dans lequel doit être entendue et exécutée, en ce qui concerne les Enfants trouvés, la loi sur le domicile, et notamment définir le domicile habituel, dont aucun article n'a déterminé ni les caractères, ni la durée;

2° Tracer des règles générales et uniformes pour la réception des Enfants trouvés, abandonnés et Orphelins.

Si vous adoptez la mesure proposée d'accorder des secours aux mères pauvres qui élèveront leurs Enfants, votre Commission vous demandera de décider qu'un crédit spécial soit ouvert à cet effet au budget des Enfants-Trouvés pour l'exercice 1846.

Votre Commission vous propose de consacrer ces résolutions diverses par la délibération suivante.

Fait à Paris, le 18 juin 1845.

CONSEIL GÉNÉRAL D'ADMINISTRATION
DES HOSPICES CIVILS DE PARIS.

SÉANCE DU 6 AOUT 1845.

LE CONSEIL GÉNÉRAL,

Vu les Lois du 17 décembre 1796 (27 frimaire an V) et 15 pluviôse an XIII *(4 février 1805)*

Vu l'Arrêté du Directoire exécutif du 20 mars 1797 (30 ventôse an V) et le Décret du 19 janvier 1811 ;

Vu les art. 55, 56, 57 et 58 du Code civil ;

Vu les art. 347 à 353 du Code pénal ;

Vu les Instructions et Circulaires ministérielles des 14 mars et 28 septembre 1801, 27 mars 1810, 15 juillet 1811, 27 mai 1817, 8 février 1823 et 31 janvier 1840 ;

Vu son Arrêté du 25 janvier 1837, approuvé par le Ministre de l'Intérieur le 30 mars suivant ;

Ouï le Rapport de la Commission spéciale nommée

pour rechercher l'origine et les causes de la recrudescence remarquée depuis plusieurs années dans le nombre des Enfants abandonnés; pour constater les obstacles qui ont pu rendre insuffisantes les mesures adoptées en 1837; pour étudier les moyens de les rendre plus efficaces; enfin, pour examiner les mesures à prendre pour prévenir l'apport à Paris des Enfants étrangers au département de la Seine;

Considérant qu'il existe un principe fondamental du droit civil et naturel dont il faut assurer autant que possible l'observation, en vertu duquel toute mère légitime ou illégitime est tenue de pourvoir à la subsistance de son enfant; que cette obligation ne cesse ou ne doit cesser qu'avec la possibilité de la remplir;

Considérant que le défaut de possibilité peut provenir de deux causes : de la privation de parents, ou de leur misère complète;

Que, lorsqu'un Enfant a perdu ses père et mère, ou qu'il est privé de leur assistance, par suite de détention ou de condamnation et qu'aucun parent ne peut s'en charger, c'est un devoir pour l'Administration, s'il n'a aucun moyen d'existence, de le recevoir et de le secourir;

Que, dans le cas où l'impossibilité provient de la gêne ou de la misère des parents, des secours donnés à la famille en vue de l'Enfant, peuvent remédier à la misère qui n'est plus ainsi un obstacle à l'éducation de l'enfant par sa famille;

Considérant qu'une enquête peut seule éclairer l'Administration sur ces deux espèces d'impossibilités et la mettre à même d'en apprécier les causes, et d'aviser aux moyens de les faire cesser ;

Considérant que les Lois, Décrets et Réglements précités ont défini dans quels cas et sous quelles conditions les Enfants trouvés, abandonnés ou Orphelins devaient être reçus dans les Hospices, et qu'ils exigent, comme condition expresse de l'admission des Enfants, que les parents soient inconnus ou décédés, disparus, détenus ou condamnés ;

Que l'observation de ces règles devient d'autant plus nécessaire que plusieurs de MM. les Préfets refusent de reconnaître et de prendre à la charge de leurs Départements les Enfants admis par l'Administration, qui sont reconnus leur appartenir, en motivant leur refus sur la facilité offerte aux abandons par le mode de réception en usage à Paris ;

Considérant que la recrudescence dans le nombre des abandons doit être attribuée en majeure partie aux expositions au Tour ; qu'il est indispensable de rétablir la surveillance qui a déjà été exercée sur les expositions, non-seulement afin de conserver par des déclarations de naissance l'état civil des Enfants, de parvenir à connaître leurs parents et de prévenir les suppressions d'état, mais encore afin de mettre obstacle au dépôt clandestin d'un grand nombre d'Enfants nés dans les Départements et même à l'étranger ;

Considérant que les deux tiers des Enfants abandonnés par leurs mères à la Maison d'Accouchement, en 1844, appartenaient à des femmes venues des Départements à Paris pour y faire leurs couches, et qui n'y avaient que quelques mois, quelques semaines et souvent même quelques jours de séjour; qu'il convient, pour éloigner ces femmes, d'apporter des restrictions aux conditions actuelles d'admission à la Maison d'Accouchement et à la Clinique, en exigeant un temps de gestation plus avancé et un an au moins de résidence à Paris, tout en maintenant les admissions d'urgence dans tous les Établissements dans les cas de péril imminent d'accouchement;

Considérant que l'Administration doit faire tous ses efforts pour prévenir les abandons, et conserver les Enfants dans leurs familles; qu'il y a donc lieu de continuer à imposer aux femmes qui viennent accoucher dans les Établissements, l'obligation de nourrir pendant quelques jours, et d'emporter à leur sortie, l'Enfant dont elles seront accouchées; que l'Administration doit aussi maintenir la disposition de l'Arrêté de 1837 qui accorde des encouragements et des secours aux femmes pauvres qui prennent soin de leurs Enfants.

Considérant qu'il serait nécessaire de faciliter aux mères obligées de travailler en ville les moyens d'élever leurs Enfants, soit en multipliant les Crèches et les Asiles gratuits ou non gratuits, soit en favorisant l'essai d'un placement en sevrage, aux environs de Paris ou dans les Départements.

Considérant que le droit de recherche exigé des parents qui désirent obtenir des nouvelles des Enfants est trop élevé; qu'en diminuant la quotité de ce droit, on rendrait les réclamations d'Enfants plus fréquentes.

Considérant que la question du domicile habituel de la mère, au moment de la naissance de l'Enfant, mal définie par la Loi du 15 octobre 1793, qui ne s'explique ni sur ses caractères, ni sur sa durée, a donné lieu aux interprétations les plus diverses et à de nombreuses contestations ; que le législateur n'a pu vouloir que le hasard seul du fait de l'accouchement de la mère dans une localité à laquelle elle était étrangère, pût devenir, pour cette localité, le principe d'une obligation d'autant plus onéreuse qu'elle pourrait être plus durable ; et qu'il y a lieu de faire déterminer par qui de droit le sens dans lequel la loi doit être entendue et exécutée en ce qui concerne les Enfants trouvés ;

Considérant qu'il serait à désirer que l'autorité supérieure traçât des règles générales et uniformes pour l'admission des Enfants, et fît cesser les contradictions qui semblent exister entre la législation et les instructions administratives.

Après avoir entendu plusieurs de ses Membres,

Arrête les dispositions suivantes :

TITRE PREMIER.
Admission des Femmes enceintes.
ARTICLE 1er.

Les femmes enceintes qui se présenteront pour être reçues avant terme à la Maison d'Accouchement et à l'hôpital des Cliniques, ne seront admises

Admission des Femmes enceintes avant terme.

dans ces deux Établissements, qu'autant qu'il aura été reconnu par la Sage-Femme en chef qu'elles sont dans le neuvième mois de leur grossesse, et qu'elles auront justifié d'un certificat d'un Bureau de Bienfaisance ou d'un Commissaire de police constatant : 1° qu'elles résident à Paris au moins depuis un an ; 2° qu'elles n'ont ni les moyens, ni la possibilité de faire leurs couches en ville ou dans leur domicile.

Admission d'urgence. Néanmoins elles pourront être reçues d'urgence à la Maison d'Accouchement, à la Clinique et même dans les Hôpitaux, lorsqu'elles auront été reconnues être en péril imminent d'accoucher, par la Sage-Femme en chef, le Médecin sédentaire ou l'Élève de garde. Il ne sera exigé des femmes ainsi reçues à titre d'urgence aucune justification d'indigence ni de résidence.

ARTICLE 2.

Les Mères devront allaiter et emporter leur Enfant. Les femmes enceintes admises dans les conditions ci-dessus exprimées devront allaiter pendant quelques jours et emporter à leur sortie l'Enfant dont elles seront accouchées.

Il n'y aura pour l'allaitement d'exception que pour les femmes qui seraient jugées hors d'état de nourrir ou de continuer à nourrir leur Enfant. Cette impossibilité sera constatée par un certificat signé par la Sage-Femme en chef à la Maison d'Accouchement et à la Clinique, et par le Médecin dans les Hôpitaux.

ARTICLE 3.

Nourrices sédentaires. Il y aura à la Maison d'Accouchement, à la Clinique et dans les Hôpitaux, où cela sera reconnu nécessaire, des nourrices sédentaires en nombre suffisant pour allaiter, dans les cas prévus par l'article ci-dessus, les Enfants jusqu'à la sortie de leurs mères.

ARTICLE 4.

Les femmes enceintes, admises dans quelque Éta-blissement que ce soit, seront interrogées par les Directeurs sur leurs nom, prénoms, profession et domicile de fait ou habituel, etc. Leurs déclarations seront consignées sur un bulletin spécial, lequel, après avoir été transcrit sur le registre des entrées, sera transmis dans les 24 heures au Membre de la Commission administrative chargé du service des En-fants trouvés, qui fera vérifier immédiatement par une enquête à domicile la véracité de ces déclara-tions, et recueillir tous les renseignements propres à l'éclairer sur la position des personnes admises.

Enquête et vérification à domicile.

TITRE II.

Réception des Enfants.

ARTICLE 5.

Aucun Enfant ne sera admis, sous quelque pré-texte que ce soit, à l'hospice des Enfants-Trouvés, que dans les cas et sous les conditions prévus par le Décret du 19 janvier 1811. Aucun Enfant ne sera reçu après l'âge de douze ans révolus.

Réception des Enfants.

ARTICLE 6.

Les Enfants seront présentés dans l'intérieur de l'Hospice, à un bureau de réception qui sera ouvert de six heures du matin à minuit.

Mode de Réception.

Toute personne qui apportera un Enfant devra être munie des pièces indiquées ci-après ; elle sera interrogée sur l'origine de l'Enfant, sur la personne qui lui a confié la mission de l'apporter, et sur les causes de l'Abandon, etc., etc.

ARTICLE 7.

Surveillance sur les Expositions au Tour.

M. le Préfet de Police sera prié de faire exercer aux environs de l'Hospice et du Tour par des agents placés sous sa direction, la surveillance nécessaire pour prévenir les abus de l'Abandon. Ces agents seront rétribués par l'Administration des Hospices.

ARTICLE 8.

Réception des Enfants trouvés.

Les Enfants trouvés, c'est-à-dire les Enfants nés de père et mère inconnus, seront reçus, savoir :

1° Les Enfants qui auront été trouvés exposés dans un lieu quelconque, sur la remise du procès-verbal dressé, dans les communes rurales du Département de la Seine, par l'officier de l'état civil, conformément à l'art. 58 du Code civil, et à Paris par un Commissaire de police constatant l'exposition de l'Enfant, et les circonstances du temps et du lieu où il aura été trouvé.

2° Les Enfants portés directement à l'Hospice, sur la présentation de l'acte de déclaration de naissance faite à l'officier de l'État civil, par les personnes désignées par l'art. 56 du Code civil, constatant que l'Enfant est né de père et mère inconnus. Il sera donné avis de ces Abandons à M. le Préfet de Police.

ARTICLE 9.

Les Enfants abandonnés, c'est-à-dire les Enfants qui, nés de père et mère connus, et d'abord élevés par eux ou par d'autres à leur décharge, en seront délaissés sans qu'on sache ce que les père et mère sont devenus, ou sans qu'on puisse recourir à eux, seront reçus sur la production d'un acte de notoriété dressé dans les communes rurales par le Maire, et à Paris par un Commissaire de police, constatant l'absence ou la disparition des père et mère, et qu'il n'existe aucun parent qui veuille ou qui puisse s'en charger. *Réception des Enfants abandonnés.*

Les Enfants abandonnés par suite de la condamnation de leurs père et mère, seront admis sur un ordre de M. le Préfet de Police, mentionnant la date et les motifs du jugement de condamnation, la durée de la peine, et le lieu où elle doit être subie.

ARTICLE 10.

Les Enfants orphelins de père et de mère seront admis sur la production de leur acte de naissance, des actes constatant le décès du père et de la mère, ou de la mère seule, si l'Enfant est naturel et n'a point été reconnu par son père, et sur le vu d'un procès-verbal du Maire, ou du Commissaire de police, constatant que l'Enfant n'a aucun moyen d'existence, ni parents qui veuillent ou qui puissent en prendre soin. *Réception des Enfants orphelins.*

ARTICLE 11.

Les Enfants appartenant aux personnes arrêtées et détenues sous la prévention de crimes ou de *Dépôt des Enfants de personnes détenues.*

délits seront reçus à titre de dépôt provisoire seulement, sur un ordre de M. le Préfet de Police, constatant les noms, professions et domicile des père et mère, et la détention qui prive les Enfants de l'assistance de leurs parents. Le membre de la Commission s'entendra avec qui de droit pour être informé de l'acquittement ou de la condamnation des parents.

ARTICLE 12.

Dépôt des Enfants de personnes malades dans les Hôpitaux.

Les Enfants des personnes admises comme malades dans les Hôpitaux pourront être reçus, à titre de dépôt provisoire, à l'Hospice des Enfants-Trouvés, pendant le séjour de leurs parents à l'Hôpital, sur le vu d'un certificat du Directeur de l'Établissement, constatant l'entrée et la présence de la personne malade, une enquête sera faite à domicile par les soins du membre de la Commission, dans le but de reconnaître si l'Enfant a quelque parent qui puisse ou qui veuille en prendre soin.

ARTICLE 13.

Remise des Enfants en dépôt.

Les Enfants seront rendus à leurs parents à la sortie de ceux-ci de l'Hôpital ou de la prison.

ARTICLE 14.

Admissions exceptionnelles.

Le Directeur de l'Hospice est autorisé à recevoir à titre provisoire, soit sur un ordre motivé de M. le Préfet de Police, soit sur l'autorisation du membre de la Commission administrative, sauf l'approbation du Conseil, les Enfants dont l'abandon, par suite de

circonstances extraordinaires et exceptionnelles, serait reconnu nécessaire.

ARTICLE 15.

Les admissions d'Enfants, de quelque nature qu'elles soient et quel que soit le mode en vertu duquel elles aient été effectuées, seront, ainsi que les pièces à l'appui, examinées et vérifiées chaque semaine par le membre de la Commission administrative, qui ordonnera les nouvelles investigations ou enquêtes qu'il croira nécessaires pour faire cesser l'abandon.

Examen et vérification des titres d'Admission.

ARTICLE 16.

Les Enfants dont la conduite ou les inclinations vicieuses pourraient présenter des dangers pour les autres Enfants, seront, conformément à l'Arrêté du Gouvernement du 30 ventôse an v (23 mars 1797) placés seuls dans un local particulier, et il sera pris les mesures convenables pour les ramener à leur devoir et à de meilleurs sentiments.

Enfants vicieux.

TITRE III.

Secours pour prévenir les Abandons.

ARTICLE 17.

Des secours pourront être accordés aux mères qui allaiteront elles-mêmes leur Enfant ou continueront à en prendre soin, qu'elles soient accouchées dans les Établissements placés sous la surveillance du Conseil, ou qu'elles aient fait leurs

Secours aux Mères.

couches dans leur domicile ou chez des sages-femmes.

ARTICLE 18.

Des secours pourront également être accordés aux mères qui n'auraient pu conserver, auprès d'elles, leurs Enfants pour les aider au paiement des mois de nourrices.

ARTICLE 19.

Enquêtes et visites à domicile.

Ces secours ne seront accordés qu'après enquête et visite à domicile, ayant pour but la vérification exacte et approfondie, et l'appréciation scrupuleuse de la position et du besoin des mères.

ARTICLE 20.

Nouveaux Secours.

Les secours pourront être renouvelés dans des cas extraordinaires, avec l'approbation du Conseil, mais toujours après nouvelle visite à domicile, et sur la présentation de l'Enfant ou des preuves de son existence.

TITRE IV.

Dispositions particulières.

ARTICLE 21.

Nouvelle Fixation du droit de Recherche.

Le droit de recherche, exigé des parents qui demandent des nouvelles des Enfants, est réduit à 5 fr.; on devra mettre à profit le moment de la recherche par les parents pour les engager à reprendre leurs Enfants.

Article 22.

Il sera fait des essais pour un placement des En- Placement en Sevrage.
fants en sevrage à la campagne, moyennant paiement
par les parents.

Article 23.

M. le Préfet de la Seine sera prié d'aviser aux Crèches et Asiles.
moyens de multiplier le nombre des Crèches et des
Asiles gratuits ou non gratuits, et de faire concorder
autant que possible l'ouverture et la fermeture de ces
Établissements avec les heures consacrées au travail.

Article 24.

M. le Préfet de la Seine sera également prié de sol- Interpré- tation de la Loi sur le Domicile.
liciter du gouvernement des mesures législatives ou
réglementaires à l'effet : 1° de déterminer le sens
dans lequel doit être entendue et exécutée la Loi sur
le Domicile de secours, en ce qui concerne les Enfants trouvés.

2° De tracer des règles générales et uniformes pour Règles gé- nérales pour la réception des Enfants.
la réception des Enfants trouvés , abandonnés et
Orphelins.

Article 25.

Il sera demandé au Budget de 1846 , au chapitre Crédit spécial à demander.
des Enfants-Trouvés, un crédit spécial pour secourir
les mères pauvres qui élèveront leurs enfants.

Article 26.

La présente délibération sera imprimée au nombre de trois cents exemplaires.

Fait à Paris, le 6 Août 1855.

Le Vice-Président du Conseil,

HALPHEN.

Le Secrétaire Général,

L. DUBOST.

TABLEAUX.

HOSPICE DES ENFANTS-TROUVÉS ET DES ORPHELINS DE PARIS.

ÉTAT des Enfants admis aux Hospices des Enfants-Trouvés et des Orphelins de 1830 à 1844.

Période de sept années, avant l'adoption des mesures pour prévenir les Abandons.	ENFANTS ADMIS		
	à l'Hospice des Enfants-Trouv.	à l'Hospice des Orphelins.	TOTAL.
Année 1830.........	5,238	374	5,612
— 1831.........	5,667	422	6,089
— 1832.........	4,982	378	5,360
— 1833.........	4,803	311	5,114
— 1834.........	4,941	178	5,119
— 1835.........	4,877	186	5,063
— 1836.........	4,792	142	4,934
	35,300	1,991	37,291,
Année moyenne...	5,042	284	5,327
1837.— Année des mesures prises pour prévenir les Abandons.	4,644	160	4,804
Période de sept années, depuis l'adoption de ces mesures.			
Année 1838.........	3,037	170	3,207
— 1839.........	3,158	196	3,354
— 1840.........	3,416	212	3,628
— 1841.........	3,471	227	3,698
— 1842.........	3,840	255	4,095
— 1843.........	3,883	295	4,178
— 1844.........	3,907	316	4,223
	24,712	1,671	26,383
Année moyenne...	3,530	239	3,769

Les Enfants trouvés, abandonnés et Orphelins ont toujours été reçus sans distinction d'origine à l'Hospice des Enfants-Trouvés et à l'Hospice des Orphelins ; ils étaient envoyés, suivant leur âge, ceux au-dessous de deux ans, à l'Hospice des Enfants-Trouvés, et ceux âgés de plus de deux ans, à l'Hospice des Orphelins.

Les deux Hospices ayant été réunis le 15 septembre 1838, on a distingué la Population suivant l'ancienne dénomination, afin de pouvoir établir la comparaison avec les années antérieures.

HOSPICE DES ENFANTS-TROUVÉS ET DES ORPHELINS DE PARIS.

Renseignements sur les Enfants admis à l'Hospice des Enfants-Trouvés et des Orphelins de 1838 à 1844.

	1838			1839			1840			1841			1842			1843			1844		
	Enfants Trouvés.	Orphelins.	Total.	Enfants Trouvés.	Orphelins.	Total.	Enfants Trouvés.	Orphelins.	Total.	Enfants Trouvés.	Orphelins.	Total.	Enfants Trouvés.	Orphelins.	Total.	Enfants Trouvés.	Orphelins.	Total.	Enfants Trouvés.	Orphelins.	Total.
Enfants présumés — Légitimes...	143	97	240	153	69	222	142	63	205	98	78	176	147	52	199	151	57	208	153	61	214
Enfants présumés — Naturels....	2,894	73	2,967	3,005	127	3,132	3,274	149	3,423	3,373	149	3,522	3,693	203	3,896	3,732	238	3,970	3,754	255	4,009
	3,037	170	3,207	3,158	196	3,354	3,416	212	3,628	3,471	227	3,698	3,840	255	4,095	3,883	295	4,178	3,907	316	4,223
Ces nombres se composent:																					
1° Enfants venant de la maison d'Accouchement.	1,297	»	1,297	1,350	»	1,350	1,289	»	1,289	1,229	»	1,229	1,333	»	1,333	1,246	»	1,246	1,187	»	1,187
2° Enfants des Hôpitaux de Paris.	115	2	117	69	15	84	120	7	127	203	5	208	342	»	342	444	»	444	484	»	484
3° Enfants envoyés sur Ordre des Commissaires de police.	1,504	120	1,624	1,398	129	1,527	1,381	125	1,506	1,295	127	1,422	1,361	150	1,511	1,423	201	1,624	1,466	223	1,689
4° Enfants du dépôt de l'Hospice.	39	48	87	25	52	77	29	80	109	35	95	130	45	101	146	42	85	127	50	90	140
5° Enfants déposés au Tour.	41	»	41	294	»	294	551	»	551	677	»	677	734	4	738	714	9	723	535	3	698
6° Enfants trouvés sur la voie publique.	41	»	41	22	»	22	46	»	46	32	»	32	25	»	25	14	»	14	25	3	25
	3,037	170	3,207	3,158	196	3,351	3,416	212	3,628	3,471	227	3,698	3,840	255	4,095	3,883	295	4,178	3,907	316	4,223

HOSPICE DES ENFANTS-TROUVÉS ET ...

Mouvement des Enfants trouvés, Orphelins et Enfants en dépôt admis à l'Hospice des Enfants-Trouvés de 1838 à 1844.

ENFANTS	ENFANTS TROUVÉS ET ORPHELINS							ENFANTS EN DÉPÔT						
	1838.	1839.	1840.	1841.	1842.	1843.	1844.	1838.	1839.	1840.	1841.	1842.	1843.	1844.
EXISTANTS le 1er Janv. de chaque année..	218	185	243	218	257	247	246	108	72	129	130	143	169	137
ENTRÉS pendant l'année { par Admission......	3,207	3,354	3,628	3,698	4,095	4,178	4,223	636	865	1,117	1,129	1,117	1,176	1,146
{ par Réintégration......	526	555	596	589	533	480	624	5	28	50	63	57	37	38
TOTAUX......	3,951	4,094	4,467	4,505	4,885	4,905	5,093	749	965	1,296	1,322	1,317	1,382	1,321
SORTIS — Définitivement. { Placés la Campagne......	3,520	2,515	2,791	2,671	2,956	3,120	3,084	396	551	733	767	717	831	821
Remis à leurs Parents......	188	146	109	117	120	128	179	56	43	40	57	59	55	54
Rendus à la Police......	5	3	6	3	11	3	3	87	72	109	130	146	127	140
Passés aux Enf. abandonnés.	»	»	»	»	»	»	»	»	5	5	»	5	»	»
Renvoyés dans leur Départ.	22	12	1	2	6	3	44	»	»	2	»	»	»	»
Admis dans les Hospices...	29	10	16	16	19	14	15	»	»	5	2	5	»	»
par Ordre. { Envoyés dans les Hôpitaux..	63	85	133	111	114	69	91	9	39	57	74	55	41	49
Passés au placem. de Paris..	109	170	188	203	166	166	184	»	»	»	»	»	»	»
Sortis pour causes diverses.	47	39	108	77	75	64	96	48	4	5	5	9	5	6
	2,983	2,980	3,352	3,200	3,467	3,567	3,696	596	719	946	1,033	991	1,059	1,070
DÉCÉDÉS........	783	871	897	1,048	1,171	1,092	1,120	81	117	220	146	157	186	152
	3,766	3,851	4,249	4,248	4,638	4,659	4,816	677	836	1,166	1,179	1,148	1,245	1,222
RESTANT le 31 Décemb. de chaque année.	185	243	218	257	247	246	277	72	129	130	143	169	137	99

HOSPICE DES ENFANTS-TROUVÉS ET DES ORPHELINS DE PARIS.

Mouvement des Enfants trouvés et des Orphelins placés à la campagne, de 1838 à 1844.

ANNÉES.	ENFANTS ET ÉLÈVES existant à l'extérieur le 1er Janv. de chaque année.	ENTRÉS.					RAMENÉS à l'Hospice après 12 ans.	SORTIS ET DÉCÉDÉS.						ENFANTS ET ÉLÈVES restant à l'extérieur le 31 Décemb. de chaque année.
		Envoyés en Nourrice.	Envoyés en Placement.	Réinté-grés.	Réintégrés à la Pension pour infirmités.	TOTAL des Entrés.		Sortis de Pension ordinaire.	Sortis de Pension pour infirmités.	Évadés ou DISPARUS.	RENDUS sur les lieux.	Décé-dés.	TOTAL des Sortis et des Décédés.	
1838.	16,303	2,277	156	164	»	2,597	235	1,349	»	14	»	1,975	3,573	15,327
1839.	15,327	2,125	331	229	»	2,685	185	1,640	»	11	»	1,828	3,664	14,348
1840.	14,348	2,334	343	323	»	3,000	129	1,426	»	16	»	1,822	3,393	13,955
1841.	13,955	2,191	371	394	»	2,959	160	1,404	»	17	»	1,822	3,403	13,511
1842.	13,511	2,511	369	2	418	3,300	125	1,116	416	10	3	1,909	3,579	13,232
1843.	13,232	2,537	499	3	450	3,489	142	1,292	429	20	5	1,786	3,674	13,047
1844.	13,047	2,582	461	29	411	3,483	247	1,158	413	15	10	1,815	3,658	12,872
	99,723	16,560	2,530	1,144	1,279	21,513	1,223	9,385	1,258	103	18	12,957	24,944	96,292 Arrêté provisoir.

HOSPICE DES ENFANTS-TROUVÉS ET DES ORPHELINS DE PARIS.

Dépenses tant à la Campagne qu'à l'Hospice des deux Services des Enfants-Trouvés et des Orphelins.

ANNÉES.	FRAIS de Voyage.	MOIS de Nourrice, Pensions, Remises des Préposés et des Médecins.	LAYETES, VÊTURES, et Trousseaux.	BANDAGES.	DÉPENSES diverses et accidentelles.	TOTAL.	APPOINTEMENTS et DÉPENSES accessoires.	FRAIS de BUREAU.	TOTAL GÉNÉRAL des Dépenses du Service extérieur.	DÉPENSES de l'Intérieur ou de l'Hospice.	TOTAL GÉNÉRAL des Dépenses.
1830.	112,609 36	1,248,323 43	158,633 96	»	2,376 90	1,521,943 65	21,734 85	6,830 14	1,550,508 64	267,308 17	1,817,816 81
1831.	121,893 86	1,293,155 38	209,319 76	32 88	171 95	1,624,578 83	18,382 46	6,258 21	1,649,219 50	254,490 58	1,903,710 08
1832.	108,346 28	1,309,312 06	206,685 »	75 40	168 »	1,624,586 74	20,023 57	8,232 48	1,652,842 79	236,842 20	1,889,684 99
1833.	114,850 48	1,303,879 13	172,797 62	74 »	201 60	1,591,802 83	19,715 58	11,431 08	1,622,949 59	218,704 42	1,841,654 01
1834.	117,544 56	1,280,937 89	196,455 02	55 »	150 »	1,595,142 47	22,228 42	9,975 33	1,627,346 22	217,641 61	1,814,987 83
1835.	116,047 01	1,310,240 23	169,701 79	64 »	» »	1,596,053 03	22,069 89	6,999 05	1,625,121 97	222,633 21	1,847,755 18
1836.	110,679 98	1,326,405 48	214,420 76	47 »	» »	1,651,553 22	25,606 68	9,756 73	1,686,916 63	220,177 80	1,907,094 43
Année moyenne	801,976 53	9,072,253 60	1,328,013 91	348 28	3,068 45	11,205,660 77	149,761 55	59,483 02	11,414,905 34	1,637,797 99	13,052,703 33
1837.	114,568 07	1,296,036 22	189,716 27	49 75	438 35	1,600,808 68	21,394 50	8,497 57	1,630,700 76	233,971 14	1,864,671 90
1857.	105,566 85	1,289,547 86	158,111 25	34 »	150 »	1,553,409 96	26,746 19	10,150 31	1,590,306 46	241,085 62	1,831,392 08
1838.	75,447 16	1,171,272 68	164,204 24	65 »	104 54	1,411,093 62	26,414 96	9,531 41	1,447,039 99	222,844 22	1,669,884 21
1839.	75,241 06	1,109,724 23	164,190 99	67 »	564 70	1,352,787 98	24,567 50	8,323 79	1,385,679 27	213,799 22	1,599,478 49
1840.	82,277 41	1,084,088 65	141,801 39	30 93	1,516 30	1,310,014 68	24,095 55	7,411 70	1,342,121 93	237,484 17	1,579,606 10
1841.	78,226 43	1,063,697 58	147,821 01	154 37	882 66	1,290,782 05	23,733 15	8,600 93	1,323,116 13	224,522 01	1,547,638 14
1842.	79,093 91	1,045,841 16	156,498 23	145 43	934 70	1,282,513 43	23,460 53	6,777 87	1,312,751 83	229,969 83	1,542,721 66
1843.	100,284 63	1,039,766 55	180,383 50	71 14	999 85	1,321,505 67	23,185 85	5,860 91	1,350,552 43	231,588 20	1,582,140 63
1844.	100,284 63	1,039,766 55	180,383 50	71 14	999 85	1,321,505 67	23,185 85	5,860 91	1,350,552 43	231,588 20	1,582,140 63
Année moyenne	593,855 23	7,555,057 40	1,135,282 86	605 01	6,002 60	9,290,803 10	168,643 39	52,367 52	9,511,814 01	1,591,795 85	11,103,609 86
Année moyenne	84,836 46	1,079,293 91	162,183 26	86 43	857 51	1,327,257 59	24,091 91	7,481 07	1,358,830 57	227,399 40	1,586,229 98

MAISON D'ACCOUCHEMENT DE PARIS.

MOUVEMENT DES FEMMES ENTRÉES, ACCOUCHÉES ET DÉCÉDÉES A LA MAISON D'ACCOUCHEMENT.

Renseignements sur les Enfants nés dans l'Établissement et Rapport entre les Naissances et les Abandons de 1816 à 1844.

ANNÉES.	FEMMES ENTRÉES A LA MAISON D'ACCOUCHEMENT.					NOMBRE DE DÉCÈS DES FEMMES.			ENFANTS provenant des Accouchements par leurs Mères.			ENFANTS NÉS A LA MAISON D'ACCOUCHEMENT.				PROPORTION
	Mariées. présumées.	non Mariées.	se disant domiciliées à Paris.	hors Paris.	TOTAL des Femmes entrées.	FEMMES accouchées.	Enceintes.	en Couches.	Vivants.	Nés Morts.	TOTAL.	Conservés ou Nourris par leurs Mères.	Abandonnés et envoyé aux Enf. Trou.	Morts dans la Maison.	TOTAL	des Abandons sur 100 aux Naissances.
1816.	304	2,333	1,895	742	2,637	2,392	4	42	2,437	115	2,552	321	1,917	83	2,321	79 — 100
1817.	407	2,616	2,351	672	3,023	2,765	»	62	2,728	108	2,836	432	2,202	79	2,713	81 — 100
1818.	389	2,246	2,099	536	2,635	2,380	1	151	2,319	124	2,443	377	1,837	82	2,296	79 — 100
1819.	434	2,296	2,176	554	2,730	2,499	1	186	2,407	130	2,557	389	1,952	62	2,403	81 — 100
1820.	346	2,309	2,182	473	2,655	2,495	1	153	2,346	121	2,467	408	1,848	82	2,338	79 — 100
1821.	309	2,265	1,915	649	2,564	2,348	»	51	2,278	122	2,400	477	1,729	64	2,270	76 — 100
1822.	299	2,401	2,130	552	2,682	2,372	»	93	2,316	122	2,438	534	1,680	91	2,305	76 — 100
1823.	281	2,436	1,946	737	2,683	2,440	3	131	2,382	120	2,502	533	1,748	103	2,384	72 — 100
1824.	247	1,936	1,136	518	1,654	2,402	1	102	2,367	102	2,469	501	1,778	89	2,368	73 — 100
1825.	277	2,377	2,249	666	2,915	2,606	3	92	2,509	131	2,680	543	1,910	106	2,559	74 — 100
1826.	355	2,560	2,597	494	3,091	2,632	2	80	2,632	132	2,764	529	2,006	97	2,632	75 — 100
1827.	347	2,744	2,484	620	3,104	2,704	6	138	2,672	134	2,806	599	1,995	90	2,684	75 — 100
1828.	388	2,716	2,579	596	3,175	2,733	2	163	2,785	135	2,929	632	2,079	105	2,816	75 — 100
1829.	409	2,766	2,528	546	3,074	2,810	6	252	2,653	140	2,788	595	1,955	106	2,656	76 — 100
1830.	409	2,665	2,456	630	3,086	2,718	3	122	2,553	140	2,693	539	1,921	94	2,554	75 — 100
1831.	403	2,683	2,812	458	3,270	2,633	4	254	2,776	131	2,907	647	2,050	86	2,783	75 — 100
1832.	482	2,888	2,326	484	2,810	2,861	2	146	2,414	168	2,582	601	1,757	69	2,473	73 — 100
1833.	372	2,438	2,203	590	2,793	2,544	»	109	2,418	161	2,539	550	1,751	83	2,384	75 — 100
1834.	432	2,361	2,276	615	2,891	2,502	4	97	2,463	136	2,599	729	1,731	74	2,506	70 — 100
1835.	541	2,350	2,276	315	2,935	2,614	4	92	2,459	137	2,596	775	1,663	60	2,498	68 — 100
1836.	350	2,585	2,620	565	2,904	2,615	4	57	2,446	140	2,586	728	1,678	67	2,473	69 — 100
1837.	332	2,572	2,339	540	3,119	2,602	2	45	2,698	131	2,839	627	1,751	92	2,710	74 — 100
1838.	415	2,689	2,579	522	3,155	2,795	2	81	2,839	144	2,983	991	1,437	116	2,853	60 — 100
1839.	608	2,740	2,633	620	3,713	2,877	5	124	3,244	173	3,417	1,437	1,297	119	2,853	46 — 100
1840.	583	3,105	3,093	573	3,885	3,676	2	94	3,359	162	3,701	1,778	1,350	142	3,244	42 — 100
1841.	595	3,302	3,312	586	3,742	3,471	1	114	3,368	147	3,515	2,088	1,289	181	3,558	36 — 100
1842.	672	3,147	3,156	702	4,000	3,663	»	256	3,538	172	3,710	2,010	1,333	140	3,379	38 — 100
1843.	656	3,328	3,298	739	3,785	3,347	»	186	3,204	173	3,377	1,973	1,553	247	3,553	39 — 100
1844.	624	3,121	3,046	743	3,745	3,410	»	168	3,272	174	3,446	1,849	1,246	204	3,227	36 — 100
			3,002										1,196	227	3,272	36 — 100
	12,387	77,068	72,418	17,037	89,455	80,610	67	3,660	78,062	4,040	82,102	25,342	49,754	3,070	78,166	64 sur 100

VILLE DE PARIS.

ÉTAT présentant le nombre des Naissances dans la Ville de Paris, rapproché de celui des Abandons; la Proportion sur 100 des Enfants Naturels aux Naissances et des Abandons aux Naissances, de 1816 à 1844.

ANNÉES.	NAISSANCES. Enfants légitimes.	Enfants naturels reconnus et non reconnus.	TOTAL.	ENFANTS morts-nés	RAPPORT sur 100 des Enfants naturels aux Naissances.	ENFANTS REÇUS A L'HOSPICE présumés Légitimes.	présumés Naturels.	TOTAL.	RAPPORT sur 100 des ABANDONS aux Naissances.
1816.	13,568	8,790	22,358	1,363	39 sur 100	248	4,832	5,080	23 sur 100
1817.	14,712	9,047	23,759	1,271	38 — 100	363	5,104	5,467	23 — 100
1818.	14,978	8,089	23,067	1,406	35 — 100	287	4,492	4,779	21 — 100
1819.	15,711	8,641	24,352	1,346	35 — 100	398	4,659	5,057	21 — 100
1820.	15,988	8,870	24,858	1,337	36 — 100	353	4,748	5,101	20 — 100
1821.	15,980	9,176	25,156	1,414	36 — 100	238	4,725	4,963	20 — 100
1822.	17,129	9,751	26,880	1,422	36 — 100	193	4,847	5,040	19 — 100
1823.	17,264	9,806	27,070	1,508	36 — 100	165	4,951	5,116	19 — 100
1824.	18,591	10,221	28,812	1,487	35 — 100	183	5,030	5,213	18 — 100
1825.	19,214	10,039	29,253	1,521	34 — 100	206	5,034	5,240	18 — 100
1826.	19,468	10,502	29,970	1,547	35 — 100	217	5,175	5,392	18 — 100
1827.	19,414	10,392	29,806	1,631	35 — 100	264	5,152	5,416	18 — 100
1828.	19,126	10,475	29,601	1,626	35 — 100	311	5,186	5,497	18 — 100
1829.	18,568	9,953	28,521	1,713	35 — 100	415	4,905	5,320	19 — 100
1830.	18,580	10,007	28,587	1,727	35 — 100	435	8,803	5,238	18 — 100
1831.	19,152	10,378	29,530	1,709	35 — 100	517	5,150	5,667	19 — 100
1832.	17,046	9,237	26,283	1,720	35 — 100	614	4,368	4,982	19 — 100
1833.	18,113	9,347	27,460	1,755	34 — 100	478	4,325	4,803	17 — 100
1834.	19,119	9,985	29,104	1,748	34 — 100	478	4,463	4,941	17 — 100
1835.	19,361	9,959	29,320	1,815	34 — 100	411	4,466	4,877	17 — 100
1836.	19,309	9,633	28,942	1,787	33 — 100	351	4,441	4,792	16 — 100
1837.	19,614	9,578	29,192	1,845	33 — 100	453	4,191	4,644	16 — 100
1838.	20,454	9,289	29,743	1,976	31 — 100	143	2,894	3,037	10 — 100
1839.	20,909	9,471	30,380	2,030	31 — 100	153	3,005	3,158	10 — 100
1840.	20,563	9,650	30,213	2,387	32 — 100	142	3,274	3,416	11 — 100
1841.	20,093	9,830	29,923	2,031	33 — 100	98	3,373	3,471	12 — 100
1842.	21,018	10,286	31,304	2,100	33 — 100	147	3,693	3,840	12 — 100
1843.	20,519	10,097	30,616	2,209	33 — 100	151	3,732	3,883	12 — 100
1844.	21,516	10,430	31,946	2,346	33 — 100	153	3,754	3,907	12 — 100
	535,077	280,929	816,006	49,777	34 sur 100	8,565	128,772	137,337	17 sur 100

ÉTAT DES SECOURS ACCORDÉS AUX MÈRES ACCOUCHÉES DE 1838 A 1844.

ANNÉES.	NOMBRE DE FEMMES SECOURUES			MONTANT DES SECOURS ACCORDÉS			MOYENNE DES SECOURS ACCORDÉS		
	sur LE CRÉDIT spécial pour prévenir les Abandons.	sur la Fondation MONTYON à la sortie des Hôpitaux.	TOTAL.	sur LE CRÉDIT spécial pour prévenir les Abandons.	sur la Fondation MONTYON à la sortie des Hôpitaux.	TOTAL.	sur LE CRÉDIT spécial.	sur la Fondation MONTYON.	TOTAL.
1838.	1,810	1,403	3,213	55,997 »	41,835 90	97,832 90	30 93	29 81	30 45
1839.	2,283	1,515	3,798	63,542 »	51,237 83	114,779 83	27 83	41 94	30 22
1840.	2,789	1,713	4,502	62,119 50	52,915 48	115,034 98	22 28	30 88	25 55
1841.	2,533	1,664	4,197	44,302 53	41,853 80	86,156 33	17 49	25 15	20 53
1842.	2,480	1,765	4,245	38,450 »	50,670 98	89,120 98	15 50	28 71	21 »
1845.	2,681	1,923	4,604	45,483 85	46,879 28	92,363 13	16 96	24 38	20 06
1844.	2,230	2,213	4,443	41,992 50	50,747 47	92,739 97	18 84	22 93	20 87
	16,806	12,196	29,002	351,387 38	336,140 74	688,028 12	20 93	27 56	23 37

N° 9.

ÉTAT NUMÉRIQUE DES ENFANTS

Dont le renvoi a été réclamé auprès des divers Départements, du 1er Avril 1844 au 31 Décembre suivant, attendu que les Mères n'avaient pas un an de domicile à Paris.

DÉPARTEMENTS.	NOMBRE des Réclamations.	DÉPARTEMENTS.	NOMBRE des Réclamations.
		Report....	176
Aisne	27	Maine-et-Loire	1
Allier	1	Manche	4
Ardennes	8	Marne	20
Ariége	1	Haut-Marne	6
Aube	19	Mayenne	5
Aveyron	3	Meurthe	20
Calvados	4	Meuse	16
Cantal	4	Morbihan	2
Charente	1	Moselle	20
Cher	3	Nièvre	9
Côte-d'Or	12	Nord	43
Côtes-du-Nord	1	Oise	37
Creuse	2	Orne	8
Dordogne	3	Pas-de-Calais	21
Doubs	4	Puy-de-Dôme	6
Drôme	1	Bas-Rhin	14
Eure	14	Haut-Rhin	1
Eure-et-Loir	20	Rhône	3
Finistère	2	Haute-Saône	11
Gironde	1	Saône-et-Loire	9
Ille-et-Vilaine	4	Sarthe	15
Indre	1	Seine-et-Marne	61
Indre-et-Loire	4	Seine-et-Oise	115
Isère	3	Seine-Inférieure	14
Jura	2	Somme	27
Loire	1	Vienne	1
Loire-Inférieure	7	Haute-Vienne	1
Loiret	19	Vosges	6
Loir-et-Cher	3	Yonne	26
Lozère	1		
A reporter....	176	TOTAL....	699

Sur la profession des Mères, des 3,907 Enfants abandonnés pendant l'année 1844, transmis par M. le Préfet de Police.

AGRICULTURE.				Report....	1,333
Ouvrières Jardinières.		2	**OBJETS DE LUXE, MEUBLES, MÉTAUX, ETC.**		
NOURRITURE.			Ouvrières Bijoutières.		7
—	Filles d'auberge..	2	—	En horlogerie.	1
—	Confiseuses.	1	—	Rempailleuses.	7
VÊTEMENTS.			—	Tapissières.	8
—	Giletières.	45	—	Matelassières.	7
—	Culottières.	48	—	En parapluies.	5
—	Couturières.	543	—	En brassières.	8
—	Lingères.	257	—	En cabas.	2
—	En corset	5	—	Relieuses, broch..	5
—	Cordonnières, piqueuses.	48	—	Cartonnières.	6
—	Bordeuses.	11	—	En papiers peints.	5
—	Joigneuses.	9	—	Coloristes.	12
—	En chaussons.	8	—	Vernisseuses.	4
—	En chapellerie.	13	—	Doreuses, brunisseuses, polisseuses.	27
—	En casquettes.	22	**JOURNALIÈRES.**		
—	Modistes.	13	Femmes de ménage.		7
—	En bonnets.	4	Marchandes ambulantes, revendeuses.		23
—	En nouveautés.	2	Musicienne ambulante.		1
—	Brodeuses.	37	Porteuses de pain.		2
—	En dentelles.	5	Chiffonnières.		2
—	Plumassières, fleuristes.	33	Journalières.		206
—	Gantières.	11	Balayeuses.		4
—	En cols et bretelles.	8	**DOMESTIQUES.**		
—	Devideuses, fileuses, tisseuses..	38	Portières.		1
—	En châles.	5	Nourrice sur lieux		1
—	Passementières.	30	Domestiques.		1,159
—	Boutonnières, frangières.	14	**EMPLOYÉS, GENS DE CONFIANCE.**		
—	Bandagistes.	4	Demoiselles de confiance.		7
—	En cheveux.	2	Institutrices.		2
—	En parfumerie.	1	Sages-femmes.		1
—	Blanchisseuses.	88	Filles publiques.		3
—	Repasseuses.	24	Professions inconnues.		353
			Abandons au Tour.		698
	A reporter	1,333		Total.	3,907

www.ingramcontent.com/pod-product-compliance
Lightning Source LLC
Chambersburg PA
CBHW051143260626
47170CB00005B/1951

* 9 7 8 2 0 1 3 0 1 5 7 2 1 *